평 범 한 엄 마 의 위 대 한 변 화

인생을 바꾸는
아주 작은 습관

인생을 바꾸는
아주 작은 습관

초판인쇄	2016년 12월 13일
초판발행	2016년 12월 20일
지은이	지수경
발행인	조현수
펴낸곳	도서출판 프로방스
표지＆편집 디자인	오종국 Design CREO
일러스트	서설미
ADD	경기도 고양시 일산동구 백석2동 1301-2 넥스빌오피스텔 904호
전화	031-925-5366~7
팩스	031-925-5368
이메일	provence70@naver.com
등록번호	제2016-000126호
등록	2016년 06월 23일
ISBN	979-11-959424-0-4-03810

정가 15,000원

평범한 엄마의 위대한 변화

인생을 바꾸는

아주
작은
습관

지수경 지음

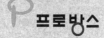
프로방스

"위대한 변화를 시작해 보자!"

'낙숫물이 바위를 뚫는다'는 말이 있다.
비록 한 방울의 힘은 작지만, 시간이 지나면 바위가 뚫린다.
아무리 작고 보잘 것 없어 보이는 행동도 꾸준히 습관이 되면 그 결과는 엄청나다.

"생각이 바뀌면 행동이 바뀌고, 행동이 바뀌면 습관이 바뀌고, 습관이 바뀌면 인격이 바뀌고 인격이 바뀌면 운명까지도 바뀐다." -윌리엄 제임스-

허약한 체질이 가장 문제였다. 어려서부터 달고 다닌 아토피, 합병증과 함께 나약한 체력은 앞서는 의욕을 받쳐주지 못했다. 싫증을 잘 내고 끈기가 없어 흐지부지 흩어져 버린 계획들을 보면 실망감이 들기 일쑤였다.

서른 여섯, 늦은 나이에 아이를 낳은 후부터 몸은 더 말을 듣지 않았고 약한 체질에 집안일과 육아의 병행은 나를 아주 힘들게 만들었다. 빈혈이 너무 심해 매일 깨질 듯한 편두통에 시달렸으며, 일주일의 절반을 집안에 누워서 지낼 때도 있었다. 짜증은 고스란히 딸에게 전해졌고, 어린 딸은 그런 나의 습관을 그대로 따라하게 되는 '나쁜' 일상이 반복되었다.

어떻게 하면 좋은 습관을 가질 수 있을까, 어떻게 하면 행복한 일상을 살아갈 수 있을까? 고민끝에 '끈기'라는 것을 가져보자고 결심했다. 뭔가를 꾸준히 할 수 있다면, 자신감도 좀 생기지 않을까 싶어서였다.

변화가 시작된 계기는 "하루 두 잔 물마시기 프로젝트"를 시작하면서였다. 우습게 보일 정도로 가벼운 행동의 반복이 습관으로 자리 잡으면서 나의 생활은 서서히 변화하기 시작했다. 작지만 신기한 변화를 경험한 나는 습관과 관련된 책을 모조리 찾아 읽기 시작했다.

〈습관의 재발견〉이란 책에 나오는 '작은 것에서 시작해서 부담 없이 규칙적인 반복으로 만드는 습관'을 읽은 후부터, 어쩌면 이 "작은 습관"이란 것이 나의 삶을 변화시킬 지도 모르겠다는 흥분과 설렘이 생겨났다.

2015년 10월 27일.
하루 1.5리터 정도의 물을 마시는 것이 건강에 좋다는 말을 듣고 나는 '딱 두 잔씩만 매일 마셔보자'라는 목표를 세웠다. 이 사소한 행동

하나가 이토록 오래 지속될 줄은 상상조차 하지 못했다. 살면서 내가 세운 목표들 중 한 달을 넘긴 것이 거의 없다는 사실을 알면, 이것이 나에게 얼마나 기적같은 일인지 짐작 가리라 믿는다. 아침에 일어나자마자 물 한 잔, 그리고 나머지 한 잔은 하루 중 언제든 마시면 됐다. 그게 전부였다. 그런데 이 짧은, 사소한, 별 것 아닌 물 마시는 습관 하나가 나의 삶을 변화시키기 시작했다.

1. 눈에 띌 정도로 건강해졌다.
2. 하루 물 두 잔이 어느새 1.5리터로 늘어났다.
3. 허약한 체질이 건강하고 활력 넘치는 몸으로 거듭났다.
4. 변비가 해결되고 혈액순환이 잘 되는 등 잔병치레에서 벗어났다.
5. 여러 가지 부수적인 장점들이 생기자 자신감이 샘솟기 시작했다.
6. 다른 습관들(3초 호흡 2분, 독서 2장, 글쓰기 2줄, 긍정적인 감사, 메모하기 등)이 하나하나 늘어갔다.

더욱 중요한 것은, 지금까지 하루도 빠짐없이 이런 실천들을 지속하고 있다는 사실이다.

〈카리스마 체육 교사의 항상 이기는 교육〉이란 책에서 하라다 다카시 선생은 육상부원들에게 마음을 강인하게 만들기 위해 '매일 할 수 있는 일을 찾아 꾸준히 실천하라' 는 과제를 부여하게 된다. 육상부원들 중 한 명은 매일 설거지를 하기로 정하고 하루도 빠짐없이 설거지를 하게 된다. 전국대회에서 최고 기록을 경신하며 우승을 거머쥔 그녀의 인터뷰는 이러했다.

"매일 설거지를 했기 때문에 우승할 수 있었다."

매일 거르지 않고 한 작은 행동 설거지가 근거 있는 자신감을 심어주었고, 자신감은 곧 에너지로 전환되어 폭발할 수 있는 힘이 생겼다는 것이다.

나는 유명인도, 성공한 사람도 아니다. 그저 집에서 아이를 키우고 살림을 하는 평범한 주부다. 그것도 아주 약한 체질을 타고나 아토피를 비롯한 여러 합병증과 함께 끈기도 없고, 지속하는 힘도 전혀 없었던 사람이었다. 그렇지만 나는 행복해지기 위해, 더 건강하며 즐거운 삶을 살기 위해 최소 습관을 실천했고, 그 결과 매일의 목표에서 작은 성공을 맛보았다. 과거의 나보다 점점 더 나아지고 있으며 행복한 일상을 누리고 있다.

최소습관으로 작은 성공을 경험하고 자신감이 붙자 매일의 글쓰기도 도전할 수 있었으며, 막연하게 책을 내고 싶다는 소망을 실천으로 옮기는 실행력까지 갖게 되었다. 사람들은 이따금씩 물어본다.

"아니, 매일같이 아프고 골골대더니 언제 그런 걸 다 해내셨어요?"

그럴 때마다 나는 자신있게 대답한다. "최소습관의 힘 덕분"이라고.

매일 빠짐없이 실행에 옮겼던 최소의 행동들이 습관이 되고, 작은 성공을 맛보기 시작하면서 자신감이 생겨났고, 이를 통해 나도 모르게 에너지가 넘치게 되었다. 나처럼 끈기 없고 약한 사람들에게 자신만의 최소 습관을 하나씩 만들어 보라고 권하고 싶다. 또 항상 결심만 하고 좋은 습관이 길들여지지 않는다는 많은 사람들에게도 자신에게 맞는 최소습관을 가져보라고 말한다. 매일 조금씩 실천하다 보면 어느새 좋은 습관이 몸에 배게 된다고 말이다.

'낙숫물이 바위를 뚫는다'는 말이 있다. 비록 한 방울의 힘은 작지만, 시간이 지나면 바위가 뚫린다. 아무리 작고 보잘 것 없어 보이는 행동도 꾸준히 습관이 되면 그 결과는 엄청나다. 시작은 아무 것도 아닌 점에 불과하나 그 시작들을 계속 이어나가면 결국 큰 선과 그림으로 변해 있을 것이다.

거창한 목표는 필요없다. 오늘, 내가 할 수 있는 최소한의 목표로 과감하게 낮추고, 매일 작은 도전을 성공시켜보자. 물 한잔이 되었든, 숨쉬기가 되었든, 밥 한 숟갈 덜 먹기가 되었든 자신만의 목표를 정하고, 아주 쉽게 최소의 습관으로 작은 성공을 경험해보자. 근거 있는 자신감과 지속력이 생긴다. 최소 습관의 꾸준함이 특별함을 만든다. 이 책을 통해 많은 사람들이 자신에게 맞는 행복한 최소 습관을 가질 수 있기를 바래본다.

위대한 변화를 시작해 보자!

2016년 가을의 문턱에서

저자 **지수경**

Contents | **차 례**

[제 1 장]

항상 너무
거창하다

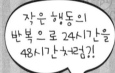

01

새해가 시작되면

많은 사람들이 새해 결심을 하고,
중간에 어떤 이유에서 자극을 받고 다짐을 하지만 왜 끝까지 이뤄지지 않는 걸까?
당장 시작은 하지 못하면서 왜 그렇게 계획들은 장황했는지,
나에 대한 목표와 기대감이 높았던 게 아닌가 싶다.

매년 │ 새해가 되면 사람들이 가장 많이 세우는 계획이 금연과 다이어트라고 한다.

'올 해는 꼭 금연을 하겠어'

'올 여름까지 5kg 감량해서 꼭 비키니를 입을 거야.'

희망찬 기대로 계획을 세운다. 시간이 지날수록 의지는 약해지고 결국 목표를 이루지 못하는 경우가 많다. 연말에 이르면 열 명중 한 명도 목표를 이루지 못한다고 한다.

먹성이 좋은 언니를 알고 있다. 소식하는 나와는 달리 늘 엄청난 양을 먹는다. "오늘까지만 이렇게 먹고 한 달 뒤에 보자. 내가 얼마나 날씬해졌는지." 라는 말을 20년 넘게 하고 있다. 난 분명히 알고 있다.

언니는 한 달 뒤에도 변화가 없을 것이라는 사실을. 그런 말을 할 때마다 내기를 했더라면 아마 난 꽤 많은 돈을 모았을지도 모르겠다.

많은 사람들이 새해 결심을 하고, 중간에 어떤 이유에서 자극을 받고 다짐을 하지만 왜 끝까지 이뤄지지 않는 걸까? 나만 해도 그렇다. 원래 어릴 적부터 겁이 많고 걱정도 많은 아이였던지라 마음속으로만 목표와 계획을 세웠다. 정말 많은 계획을 짜고 노트와 다이어리에 적어 다 이룰 것처럼 들고 다녔었다. 행동과 실천은 무시한 채 계획을 보는 것만으로도 힘이 솟았다. 당장 시작은 하지 못하면서 왜 그렇게 계획들은 장황했는지, 나에 대한 목표와 기대감이 높았던 게 아닌가 싶다. 마치 행동은 없이 마음으로만 끌어당겨서 이루기를 원하는 사람 같았다.

다른 사람들처럼 나도 새해를 맞이하여 영어를 마스터하기로 계획을 잡았다. 20대 후반으로 기억한다. 어디서 나온 용기인지는 몰라도 영어회화를 마스터 하겠노라고 결심하고 학원에 가서 수업을 듣게 되었다. 초급을 몇 개월 듣고 나면 학원시스템에 따라 상급반으로 올라가야 한다. 내가 그럴 수준은 아닌 듯 한데 사람 욕심은 끝이 없는지라 수준 높은 곳에서 자극을 받아 더 배우고 싶었다. 중급반에 올라가자마자 정신이 하나도 없었다. 어려운 숙어들이 나오면 선생님은 그 문장을 외워 응용해서 말하라고 했다. 계속 나만 더듬거리자 끝나는 시간에 선생님은 나에게 EBS중학 영어로 공부를 하라고 조언을 했다. 그 때는 상당히 자존심이 상했었다.

'아니 내가 중학생 영어를 할 수준이냐고? 그래도 나름 Grammar in Use 도 공부했는데.'

이런 생각들이 밀려오자 학원 다니기가 싫었다. 의지력과 끈기가 부족한 나에게 그만둘 변명이 생긴 터였다. 그런 이유로 나는 영어를 하다 말다 반복하며 학원비만 잔뜩 날리고, 결국 안하니만 못한 결과만 초래하고 말았다. 생각해보면 영어에 대한 기초가 튼튼한 것도 아니었는데 나에 대한 기대치, 욕심만 많았고 지속하는 힘과 끈기가 없었기에 계획들을 이루지 못했던 것 같다.

운동, 다이어트도 마찬가지다. 일주일에 30분도 운동을 안하는 사람들이 하루 한 시간 운동을 하겠다고 목표를 잡았다면 한 달, 아니 일주일 내에 포기하는 것이 당연할 지도 모른다. 많은 책에도 나와 있듯이 우리의 뇌는 변화를 무척 싫어한다. 뇌는 변화하는 것을 생존의 위협이라 느끼기 때문에 변화가 과격할수록 뇌의 저항이 커서 원래의 습관으로 돌아가려고 한다. 또한 자신의 수준은 낮은데 스스로에 대한 과대평가 때문에 결국 포기에 이르는 경우도 많다.

새해 결심한 목표들을 꼭 이루고 싶었다. 지나치게 높은 목표가 아니더라도 꾸준하게 오랫동안 지속할 수 있었으면 좋겠다는 마음이 간절했다. 이를 위해서는 아주 작게 시작해서 반복하는 전략이 필요했다. 뇌도 변화의 저항을 느끼지 못하고, 재미있으며 자연스럽게 습관으로 만들 수 있는 힘, 이것이 바로 "최소습관"이었다.

블로그 이웃 중 음식에 관한 주제로 에세이를 준비하는 아가씨가 있다. 일러스트가 전공이라 그런지 항상 그림도 따스하고 글도 잘 쓰는 것 같았다. 100일 글쓰기 미션을 하고 있다고 했다. 열심히 올리는가 싶더니, 20일쯤 지나서 자신에 대한 반성의 글을 올렸다. 글을 빼먹었다면서 자책하는 글과 다시 시작한다는 글이 적혀 있었다. 나의 경험에 비추어 보았을 때, 빨리 이뤄내야 한다는 조바심과 스스로에 대한 기대치가 너무 컸던 것이 아닐까 싶은 생각이 들었다. 너무 과한 목표를 세우지 말고, 기대치를 낮추고 조금씩 계속해보라고 조심스럽게 조언을 했다. 과하게 잡은 목표가 부담스러워 포기하게 된다면 작게 시작하는 것이 옳다. 그 아가씨는 기대치가 높았다는 걸 인정하면서 1시간 글쓰기에서 15분 글쓰기로 목표를 줄였고, 지금까지 계속 글을 쓰고 있다. 이번에는 꼭 좋은 습관으로 자리잡아 뜻한 바를 이루길 바란다.

많은 사람들이 목표를 세운 후 얼마나 빨리 달성할 수 있는가 혹은 얼마나 많은 좋은 습관을 가질 수 있을까에 대해 고민한다.

그런 습관을 길들여 내가 원하는 목표를 달성하고 성공을 해야 한다고 생각하는 것 같다. 우리는 각자 생긴 것도 다르고 체질, 성격, 성장환경도 다르다. 목표는 자신의 속도에 맞춰 꾸준히 이어나가면 된다. 습관은 결국 반복을 의미하며, 뇌가 부담없이 무의식적으로 반응하는 행동이다. 어떤 사람은 100일이 되면 습관이 된다고 하고, 어떤 사람은 21일, 66일이 되어야 습관이 된다고 주장하는데 나는 좀 생각이 다르다. 얼마 만에 습관으로 자리 잡을 수 있느냐 하는 것은 별로 대수롭지 않다고 본다. 계속할 수 있느냐 하는 가능성을 훨씬 더 중요하게 보아야 한다. 작은 습관은 부담도 없고, 시간 소모도 적기 때문에 하루에도 여러 번 지속적으로 행할 수 있는 가능성이 아주 크다.

설경구, 차승원이 주인공으로 열연한 〈광복절 특사〉라는 코미디 영화가 있다. 그들은 탈옥을 위해 6년간 땅굴을 판다. 그 도구는 다름 아닌 숟가락 하나였다. 숟가락으로 처음 땅을 팠을 때는 얼마나 기가 차고 어이가 없었을까? 이것으로 탈출을 할 수 있을까? 불안하고 부정적인 마음도 가득했을 것이다. 하지만 6년이란 시간 동안 끊임없이 땅굴을 판 덕분에 자신이 원하는 목표, 탈옥을 할 수 있었다. 아마 그들에게는 숟가락으로 땅을 파는 것이 생존을 위한 하나의 습관이 아니었을까. 물론 영화이기 때문에 억지스러운 부분이 없지는 않지만, 우리가 습관을 들일 때 작은 행동 하나를 결코 무시해서는 안 된다는 사실을

잘 보여주고 있는 듯 하다. '가랑비에 옷 젖는다' 는 속담 역시 작은
한 방울의 행동이지만 계속 꾸준히 한다면 얼마나 큰 영향을 주는 습
관이 될지에 대해 말해준다.

　UCLA의 임상 심리학자이자 〈아주 작은 반복의 힘〉의 저자인 로버
트 마우어도 '큰 변화에 씨름하다 실패한 경험이 있다면 작은 변화가
도움을 줄 것이며 과감한 시도는 역효과를 불러오기 때문에 작은 행동
으로 변화하라' 고 조언하고 있다. 또한 아주 작은 행동을 취해야만
번번이 좌절을 경험케 했던 장애물을 조용히 지나갈 수 있으며 심지어
그것들을 사소하고 웃어넘길 만한 것으로까지 느낄 수 있다고 한다.
천천히, 괴롭지 않아야 지속할 수 있고 변화를 위한 새로운 길을 개척
할 수 있다는 것이다.

　새해를 맞아 굳게 세우는 목표와 결심들이 연말까지 이어지지 못하
는 것은 행동전략이 잘못되었기 때문이다. 아주 작게 시작해서 반복하
는 전략으로 뇌가 부담스럽지 않고 재미있게 느끼는 습관으로 만들어
가야 한다. 큰 변화로 번번이 좌절을 했다면 작은 행동으로 장애물을
조용히 지나갈 수 있다. 지속할 수 있는 새로운 습관을 만들어 목표를
달성할 수 있는 것이다.
　'위대한 행동이라는 것은 없다. 위대한 사랑으로 행한 작은 행동들

이 있을 뿐'이라는 테레사 수녀의 말처럼 우리의 작은 행동들이 모여 습관이 되고 인생의 변화를 만든다. 작고 작은 행동들이 모여 내가 원하는 목표를 차근차근 이루어가는 것이다.

펼쳐놓은 일만 잔뜩이다

연말이 되면 펼쳐놓은 계획들을 수확도 못한 채 다시 새로운 계획 짜기를 반복한다.
자신에게 맞는 행동전략이 필요하다. 내가 할 수 있는 최소한의 목표를 잡고 시작해야 한다.
매 해 펼쳐놓은 일만 가득하다면 말이다.

현대를 살아가는 사람들은 너무나 바쁘다. 넘쳐나는 정보들을 받아들여야 하며, 돈도 벌어야 하고, 육아 혹은 자녀교육에 정신이 없고, 이제는 가끔씩 여행도 떠나야 한다. 대화에 뒤처지지 않게 가끔 유행도 따라야 하며 지쳐있는 나의 마음도 돌봐줘야 한다. 우리가 어릴 때는 친구랑 흙으로 나뭇가지로 소꿉놀이도 하고, 고무줄, 술래잡기, 말뚝박기 등 실컷 놀았는데, 요즘 아이들은 방학을 해도 학교를 다녀도 엄청 바쁘다. 학교에서 돌아와 간식을 간단히 먹고 다시 학원을 갔다 오면 금방 저녁이 된다. 엄마들은 또 어떤가? 직장을 다니는 엄마라면 아침마다 전쟁이다. 출근길에 서둘러 아이를 학교나 유치원, 어린이집에 보내야 한다. 전업 주부 역시 아침에 전쟁을 치르고 나면 밀린 설거지에 치워도 치워도 끝이 없는 집안일을 하며 시간을 보낸다. 빨래를 돌리고 커피 한 잔을 마시려하면 오랫동안 연락이 안 되었던 친구로부터 전화가 온다. 반가운 마음에 전화를 받다보면 시간은 어느 새 훌쩍 지나간다. 장도 봐야하고, 책도 읽으려 했는데, 그리고 유치원에서 아이가 아파서 조퇴한다고 하는 날엔 나의 계획과 다 어그러진 하루에 심난하다. 남편들은 어떤가? 새벽부터 회사일에 치이고 집으로 돌아오면 아빠랑 놀아달라고 기다리는 아이들을 위해 조금 놀다 지쳐서 잔다. 주말에 쉬려고 하면 마누라는 가족들에게 소홀하다며 난리다. 자신을 위해 투자하는 시간은 어디로 사라졌는지 세운 계획들만 덩그러니 남아있을 뿐이다. 엄마, 아빠가 아니더라도 젊은 사람들은 자신의 보이지 않는 미래를 위해 계획을 세운다. 청년 실업자가 될까 걱정이 많다. 요즘 젊은 사람들을 일컬어 칠포 세대라고 한다. 연애, 결혼, 출산, 취업, 내 집 마련, 인간관계, 희망 등 일곱 가지를 포기했다는 말이다. 삶의 거의 모든 것들을 포기했다는 말과 다름없는 이 젊은 층들의 이야기가 바로 우리의 씁쓸한 현실이다.

우리는 종종 새 마음, 새 뜻으로 계획을 세운다. 올해는 꼭 새로운 사람으로 거듭날 것을 다짐하며 어제의 삶과 결별을 선언한다. 중학교 졸업 이후로 영어 공부에서 손을 뗐는데 목표는 외국인과 영어로 대화하는 것으로 잡고, 여름 바닷가에서 비키니를 입기 위해 좋아하는 야식을 끊고 5kg 감량의 목표를 짠다. 어제까지 피운 담배를 오늘부터 절대 피우지 않을 것을 계획한다. 1년에 책 한권도 안 읽던 사람이 10권을 읽겠다며 목표를 정한다. 그럴 듯하게 보이는 장황한 계획들은 보는 것만으로도 뿌듯하다. 이것도 하고 싶고, 저것도 하고 싶고 빡빡한 시간 활용과 함께 모든 계획을 짠다. 시간이 지날수록 중도에 그만둔 계획들을 볼 때마다 신경이 쓰인다. 그리고는 다시 연말이 되면 펼쳐놓은 계획들을 수확도 못 한 채 다시 새로운 계획 짜기에 돌입한다. 작년 나의 다이어리를 들춰보니 블로그 시작, 동화 쓰기, 음악교육에 관련된 책 쓰기, 부모교육 공부하기, 요가하기, 아침, 저녁 책 읽기, 온라인 모임 가기 등을 계획으로 세웠나보다. 뜬금없는 계획들을 보며 나의 목표가 정확하지 않았구나 생각이 되었다. 작년에 짧은 동화 쓰기를 했었는데 지속적으로 안 되었던 이유가 '아, 나는 글 쓰는데 감각이 없나보다' 라고 생각했었던 것 같다. 왜냐하면 그때는 공모전에만 관심이 있었기 때문이다. 글쓰는 이유와 사명을 잊은 채 말이다. 또한 나의 전공을 살려야겠고 책을 하나 쓰면 좋을 것 같고, 음악 교육에 관한 책을 써보자 계획을 짰었다. 그리고 규칙적인 습관이 아닌 장황하고 거창한 일만 펼쳐놓은 상태로 하루를 보내게 되었던 것 같다. 작년 말에 읽었던 스티븐 기즈의 〈습관의 재발견〉을 읽으면서 행동전략에 관한 이해를 할 수 있었다. 그래서 최소 습관을 사용하여 전략을 바꾼 덕분에 지금까지 습관을 이어나갈 수 있었다.

나를 포함한 대부분의 사람들은 새해가 되면 목표를 세우고 이루기 위해 거창하게 시작한다. 자신은 다 이룰 수 있다고 과대평가를 하며 목표치도 높게 잡는다. 종류도 골고루 잡는다. 목표와 계획만 잔뜩 펼쳐 놓았을 뿐 제대로 하는 일은 없다.

딸아이가 가끔씩 공주머리를 해달라고 핀 통에 담겨 있는 핀들을 몽땅 쏟아서 펼쳐 놓을 때가 많다. 그 중에 왕관이 달린 핑크색 핀으로 꽂아달라는데 한 번에 찾을 수가 없다. 핀 욕심이 많아서 이것저것 많이 사주었더니 마구잡이로 통에 담아놓아 어수선하다. 딸이 원하는 핀을 찾을 때마다 쏟아 펼쳐놓고 찾아야 한다. 펼쳐놓은 핀이 많을수록 한 번에 원하는 핀을 찾기란 어렵다.

우리의 계획도 마찬가지이다. 많은 목표와 함께 정리되지 않은 계획들이 새해마다 널브러져 있다. 한 눈에 들어오지 않는 계획들은 어수선하다. 그래서 그런지 내가 원하는 목표를 한 눈에 담기란 쉽지 않다. 할 수 있는 최소한의 목표를 잡고 시작하는 게 좋다는 걸 느낀다.

김미경 강사는 〈인생미답〉에서 신년계획 세우는 방법을 이렇게 조언한다.

첫째, 새롭게 하지 말고 작년에 계획한 것에서 끌어다 쓸 것. 이유는 작년에 계획했을 때는 그것이 필요해서 짠 계획이기 때문에 작년에 손도 못 댄 것을 찾아서 내 것으로 만들라고 한다.

둘째, 시작을 했는데 완성을 못한 반쪽 계획이 있다면 그 계획에서 찾아볼 것.

우리가 하는 많은 일들 중에 조그만 더 가면 완성될 수 있는데 중간에 멈춰버리는 경우가 많기 때문에 시간이 필요해서 무르익을 때까지 다시 계획에 포함시킬 것을 조언한다.

그리고 마지막으로 인생에서 한 번도 안 해 본 일에 도전할 것.

펼쳐놓은 일들이 가득하고 이룬 것이 없을 때 김미경 강사의 조언대로 계획을 짜보는 것도 좋을 것이다.

시간관리 전문가인 유성은씨는 이것도 하고 싶고 저것도 하고 싶어 조금씩 시도해보지만 제대로 하는 것은 하나도 없는 이유는 감당하지도 못하면서 하고 싶은 것에 둘러싸여 몰입하지 못하고 찔끔거리는 인생의 낭비 습관 때문이라고 한다.

스티븐 기즈도 일의 양에 높은 기대치를 두는 대신 일관성에서 기대와 에너지를 모두 얻을 것을 조언한다. 인생에서 가장 강력한 도구는 일관성이기 때문이라고 한다. 어떤 행동이 습관으로 자리 잡을 수 있는 유일한 길은 오직 행동 뿐이며, 이 행동이 습관이 될 때 비로소 우리는 부담스럽지 않게 목표를 달성할 수 있다는 말이다. 또한 많은 계획을 실천하지 못하고 펼쳐놓기만 하는 사람이라면 다수의 작은 계획을 동시에 실천할 수 있는 최소의 습관을 가져보라고 권하고 있다. 최소의 습관은 하나의 습관에 집중하는 것도 가능하지만, 여러 가지 습관을 동시에 가질 수 있다는 장점도 가지고 있다. 나처럼 의지력이 약한 사람에게는 하나의 작은 습관부터 기르는 것이 좋다.

바쁘게 살아가는 요즘 새해 계획들도 빼곡하니 거창하다. 거창한 계획 속에 다 이룰 수 있다고 과대평가를 하며 목표치도 높게 잡는다. 종류도 골고루 잡고 시작한다. 일들만 가득하게 펼쳐 놓았을 뿐 제대로 하는 일은 없다. 시간이 지날수록 중도에 포기한 계획들만 쌓여간다. 연말이 되면 펼쳐놓은 계획들을 수확도 못한 채 다시 새로운 계획 짜기를 반복한다. 자신에게 맞는 행동전략이 필요하다. 내가 할 수 있는 최소한의 목표를 잡고 시작해야 한다. 매 해 펼쳐놓은 일만 가득하다면 말이다.

24시간도 부족하다

24시간이라는 공평한 시간을 48시간으로 만들어 사용하는 사람들의 비결은
꾸준히 무언가를 해서 습관화시키는 것이다. 성공이라는 긴 레이스를 달리기 위해서는
나만의 속도로 조금씩 실행해서 작게 시작하는 습관이 필요하다.

만삭이었을 때 | 사람들이 나를 보고 한결같이 말했다.

"뱃속에 넣고 다니는 것이 좋을 때다. 낳는 순간부터 내 시간은 없다. 이 시간을 즐겨라, 하고 싶은 것도 많이 하고."

그 때는 이해가 가지 않았다. 임신하는 순간 잠복기에 있던 아토피가 올라왔고, 임신 마지막 달에는 다리까지 붓고 쥐가 내렸다. 밤마다 무거운 배로 잠도 못 이루는 불편함이 얼마나 큰데 어서 아이가 나오면 편하지, 왜 뱃속이 편하다고 얘기할까? 이해할 수 없었다.

아이를 낳는 순간 나는 그 말의 의미를 알게 되었다. 일도 그만두고 집에서 온종일 정신없이 보내다보면 하루가 어떻게 지나가는지 모른다. 나란 존재는 사라진지 오래고 아내와 엄마만 있을 뿐이었다. 엄마

로 사는 기쁨도 컸지만 임신하면서 그만 둔 일에 대한 미련이 컸기에 육아로 채워진 24시간 중 조금이라도 나의 꿈에 쓰고 싶었다. 아이가 낮잠을 잘 때 책도 읽고, 공부도 하고 싶었지만 현실은 늘 아이가 깰까 조바심 내며 육아전투자세로 임해야만 했다. 그런 생활 속에 꿈과 함께 정신도 놓고 살았다. 얼마나 정신이 없었으면 마트에 가서 장을 보고 남의 카트에 물건을 담는 일도 있었다. 점심을 컵라면으로 때우면서 베어 문 깍두기가 국물 속에 여러 개 나온 적이 한두 번이 아니다. 그렇다고 육아를 똑 부러지게 한 것도 아니었다. 시간만 가는 것이 아까울 뿐이었다. 분명 이 바쁜 시간 속에서도 기회는 있을 것 같았지만, 나만의 시간을 찾기란 쉽지 않았다.

아이가 조금 컸을 때 나는 나의 시간을 찾으려고 했다. 어린이집을 보낸 후 오전의 자유시간을 선물 받았다. 나만의 시간이 생겼기 때문에 이제는 내 인생을 위해 뭔가 할 수 있다고 생각하니 마음이 조급해지면서 여러 가지 계획들을 장황하게 짜기 시작했다. 운동하기, 건강해지기, 책읽기, 동시쓰기, 동요쓰기, 육아공부, 부모교육 참여하기, 그림 배우기, 그림책 만들기, 딸과 동시 짓기 등등, 너무도 많은 계획을 세워놓고 계획만으로도 이미 한꺼번에 다 이룬 것처럼 만족해했다. 한 달이 지났을 때 지켜진 것은 기껏해야 독서, 딸과 함께 동시 짓기 몇 개가 전부였다. 블로그도 불규칙하게 즉흥적으로 글을 올릴 뿐이었다. 딸 친구 엄마와 만나 수다를 떨며 귀하게 얻은 시간을 낭비하기도 했다. 다른 엄마들과의 만남이 꼭 낭비라고 단정 짓고 싶진 않다. 그런데 만나는 횟수가 잦아지면서 집으로 돌아오면 허무함이 들게 되었고, 내가 이루고 싶었던 목표들이 흔들리게 되었다. 수면도 불규칙적이어서 늦게 자고 늦게 일어나는 등 시간 활용을 전혀 하지 못했다. 시간을 전략적으로 활용하고 싶었고 좋은 습관으로 삶의 변화를 이루고 싶은 마음이 간절했다.

내 능력은 고려하지 않고 터무니없이 계획만 거창하게 세웠다. 언제나 계획표는 그럴 듯했다. 문제는 너무 욕심이 많고 과했다는 것! 초등학교 방학계획표 속에 나의 휴식시간은 아침, 점심, 저녁 세끼 후의 30분씩이 고작이었으니 얼마나 터무니없는 계획인지 알 수 있다. 계획을 세울 때는 구체적으로 세우되, 너무 **빡빡**하게 세워서는 안 된다는 말을 들은 적이 있다. 나를 비롯한 많은 사람들이 계획을 세우고 중간에 포기하는 이유일 것이다. 나는 계획을 거창하면서도 **빡빡**하게 짰다. 형식적인 계획으로 쉽게 포기하게 만들었다. 목표는 아주 세분화하여 하나하나씩 해결해야 하고, 내가 세운 목표가 부담스럽지 않게 쉽게 할 수 있는 전략이 필요했다. 똑같이 주어진 시간에 어떤 엄마는 일도 병행하며, 또 어떤 엄마는 육아를 하며 48시간으로 만들어 사용하는데 그 비결은 무엇일까?

그것은 바로 작은 행동의 반복이었다. 작은 습관을 길들이기 위해 아침, 새벽 시간을 활용하게 되었다. 아주 작게 시작하는 행동은 부담도 없고, 이뤄냈다는 성취감도 갖게 된다. 하루 아침에 거창하게 짠! 하고 성공이 오는 일은 없다. 꾸준히 뭔가를 해서 습관화시켜야 성공할 수 있다. 성공이라는 긴 레이스를 달리기 위해서는 빠른 속도만이 최선이 아니고 나만의 속도로 꾸준히 달리는 지속력이 필요하다. 나만의 속도는 최소로 실행해서 만드는 습관이다. 거대한 목표를 세우고 성공하는 사람들과 비교하는 것이 아니라 나만의 페이스로 포기하지 않고 끝까지 가면 되는 것이다.

습관은 제2의 천성으로 성공한 사람일수록 좋은 습관을 가지고 있다. 좋은 습관을 기르기 위해서는 규칙적으로 반복해야 하며, 오랜 시간 동안 지속될 수 있어야 한다.

시간관리론으로 유명한 아놀드 베넷은 이렇게 말했다.
"시간은 말로써 나타낼 수 없을 만큼 멋진 만물의 소재이다."
"그날그날의 24시간이야말로 인생의 양식이다."
"당신이 소비할 수 있는 시간은 오직 현재, 지금 지나가고 있는 바로 이 순간이다."

소중한 시간을 낭비하며 지내왔다. 아무리 바빠도 습관을 만들 수 있으며 분명 시간을 관리하면 더 많은 좋은 습관을 가질 수 있다는 사실을 잊어서는 안 되겠다.

여행을 할 때면 트렁크에 필요한 물건들을 챙겨 넣는다. 얼마 못 넣고 짐이 넘쳐 나는 내 경우에 반해 언니는 여행가방의 공간 활용을 잘해서 같은 가방이 맞나 의심스러울 정도였다. 시간도 이런 트렁크와 같다고 생각해 보니 얼마나 나의 소중한 시간들이 낭비되고 있으며 많은 습관을 길들일 수 있는 기회들을 놓치고 살아가는지 깨달을 필요가 있었다.

엄마들의 경우에는 5분, 10분 등의 자투리 시간도 습관을 길들이기에 충분하다. 딸이 갖고 놀던 색깔 점토 조각들이 여기저기 흩어져 있다. 버릴까 생각하다 조금씩 뭉쳤더니 동물모양 얼굴찍기가 가능한 제법 큰 덩이가 되었다. 5분, 10분의 자투리 시간들을 모으며 하루 1, 2시간을 사용할 수 있다. 자투리 시간에도 만들 수 있는 작은 습관이 있다면 얼마나 좋을까? 그것이야말로 24시간을 48시간으로 사는 지혜일 것이다. 과거의 나는 시간을 관리하지 못했었다. '5분이나 남았네'가 아니라 '5분밖에 안 남았네'로 얘기하며 거창한 계획들로 시간을 낭비하며 살았다.

육아로 채워진 24시간을 조금이라도 나의 꿈에 쓰고 싶었지만 대부분의 사람들처럼 시간을 그냥 흘려보낸다. 그러다보니 좋은 습관이 되지 않고 포기하게 된다. 계획을 거창하면서도 빡빡하게 세우는 게 아니라 아주 세분화하여 하나하나씩을 해결해 나가야 한다. 24시간이라는 공평한 시간을 48시간으로 만들어 사용하는 사람들의 비결은 꾸준히 무언가를 해서 습관화시키는 것이다. 성공이라는 긴 레이스를 달리기 위해서는 나만의 속도로 조금씩 실행해서 작게 시작하는 습관이 필요하다. 나만의 페이스로 포기하지 않고 끝까지 가면 되는 것이다. 5분, 10분의 자투리 시간들을 모아 만들 수 있는 작은 습관이 있다면 얼마나 좋을까? 그것이야말로 24시간을 48시간으로 사는 지혜일 것이다.

04

손만 대면 성공할 것처럼

손만 대면 성공하는 것은 많은 행동과 실패를 해 봐야하는 것이다.
그 중 단연코 부담스럽지 않게 익힐 수 있는 습관이 바로 최소습관이다.
작은 실패를 계속하다보면 언젠가 큰 성공에 이른다.

작년 이맘 때 아이의 그림책을 같이 공부하고 공유하고 싶어 인 터넷 카페에 가입한 적이 있다. 오프라인으로 사람들과 일 주일에 한 번 만나 교육과 문화, 정보를 교류하고 나름 의미 있는 시간을 보냈다. 그 중 K라는 분이 아직도 기억에 남는다. 나도 다짐을 잘 하는 편이고, 실행은 잘 하지 못하는 편이었지만 그 사람만큼 결심과 계획을 세우고 실행을 하지 않는 사람은 다섯 손가락 안에 들 것 같다. 사실 그 분이 운영하는 카페가 재정상 많은 어려움에 있다는 것을 알고 회원들과 함께 정말 진심을 다해 도왔다. 카페 회원 수는 이천 명을 바라보고 있고 신규 회원이 가입도 많이 하는데도 신기하게 한두 번 참석하면 그 이후로 회원들이 오지 않았다. 대표는 항상 우리에게 희망적으로 그림책도 직접 그려서 출간시키고, 최초의 그림책 연구소를

만들자고 아주 거창하게 계획서까지 짜서 우리에게 보여 줬다. 그리
고 게시판에는 마치 다 이루어진 양 글을 올렸다. 그게 끝이었다. 나를
포함한 회원들은 열심히 도왔다. 재정도 나아지면 좋겠다는 마음으로
내 일처럼 도왔지만 결국 나를 포함한 회원들은 다 뿔뿔이 흩어지고
말았다. 그는 계획만 장황하고 실천을 전혀 안하는 사람이었다. 너무
계획만 앞세우고 진행을 하지 않는 K를 대신해서 다른 사람이 일을
진행하면 K는 화를 내며 언짢아했다. 마치 K는 마음속으로 세운 계획
들이 손만 대면 다 성공할 수 있다고 믿는 사람 같았다. K라는 사람을
통해 많은 교훈을 얻었다. 아무리 거창하고 멋진 계획과 목표가 있더
라도 일단 시작하지 않으면 아무런 일도 일어나지 않는 거란 걸 말이
다. 되돌아보면 수많은 계획을 짜고 목표를 짰었지만 결국 목표에 도
달한 것은 어찌되었든 시작을 해서 행동에 옮긴 것이다. 머릿속으로는
누가 만리장성을 못 쌓겠는가? 돌덩이 하나라도 들고 가야 쌓는 것이
다.

　나의 지나온 과거를 봐도 흡사 K와 다를 바가 없다. 번뜩이는 아이
디어가 있을 때마다 이거 해보자 저거 해보자 계획들이 엄청 많았다.
그런데 아직도 실행에 옮기지 않고 사라진 아이디어와 계획들을 보면
결국 실행이 답이라는 걸 알 수 있다. 나는 게으르기도 하고 겁도 많은
성격이었기 때문에 계획만으로 자기만족을 얻는 듯했다. 정말 그때는

계획만 짜면 다 성공할 줄 알았다. 실행이 없었기에 실패는 더더욱 없었다. 실패라는 것도 인생의 값진 경험인데 그것을 회피하고 실행조차 하지 않았으니 어떤 계획이 이루어질까? 너무 장황한 계획을 짜다보면 마치 성공한 것처럼 여겨질 때가 많다. 그리고는 실행을 하지 않는 것이다. 때로는 내가 생각했던 아이디어와 계획들을 누군가가 먼저 실행에 옮겨 세상에 내놓으면 그렇게 배가 아플 수가 없었다. 정작 나는 머릿속으로만 성공했던 것들인데 말이다. 십년 전쯤, 동아대 앞에서 치킨꼬치로 20대 처녀가 대박 성공했다는 소문이 자자했었다. 책으로도 출간되고 체인점들도 많이 생겨났다. 그 때 나도 한창 인생의 기로에 있었다. 돈을 벌 것인가? 다시 공부를 해서 더 나은 학벌로 돈을 벌 것인가? 그러다보니 내 또래 누군가가 돈을 많이 벌었다는 소식을 들으면 부러울 수밖에 없었다. 닭꼬치 처녀 CEO의 얘기를 듣자 나도 그것 보다 더 아이디어가 뛰어날 수 있다고 생각하며 생각해 냈던 것이 컵 밥과 컵 치킨이었다. 그 당시 우리 집 앞 초등학교의 학생들은 떡볶이를 컵에 담아 먹곤 했는데, 어느 순간 컵 아래 음료수가 담긴 떡볶이를 파는 것이었다. 그래서 나도 생각해낸 것이 '음료수가 담긴 치킨 조각을 팔면 대박이겠다.' 그리고 '바쁜 사람들을 위해 김치 볶음밥을 컵에 담아 팔면 걸어가면서 먹어도 되고 좋겠다.' 라고 생각했었다. 계획만 짰을 뿐 언젠가는 성공할 것이라는 생각으로 있을 때에 이미 컵에 담긴 치킨이나, 컵 밥은 나랑 같은 생각을 가진 실행력 좋은 사람이 먼저 개발해 놓았던 것이다. 이외에 빗물이 들어오지 않는 장화, 한 번에 찍는 마스카라, 머리띠에 삔만 교체하여 일주일 내내 다른 머리띠를 만들 수 있는 것 등등 실행하지 않은 아이디어들이 가득하다.

이제는 확실히 안다. 거창한 계획들을 짠다고 다 성공하는 것이 아님을. 손만 대면 다 성공하는 것이 아님을 안다. 그래서 이제는 하루를 충실히 살며, 하루에 지킬 수 있는 계획들을 꾸준히 실천에 옮기는 것이 답이란 걸 확실히 안다. 마이다스의 손은 바로 오늘 하루 작은 실행으로 꾸준한 습관이 되는 투박한 손이란 걸 말이다. 이제는 아주 작은 습관들을 익히고 실행하기 때문에 무엇이든 이룰 수 있다는 자신감도 가지고 있다. 실패를 한다 해도 결코 두렵지 않다. 이 모든 것이 작은 실행이 습관이 되면서부터이다. 만약 큰 성공을 생각하고 계획했다면 부담감으로 몇 번 시도하다가 포기했을 것이다. 하지만 작은 습관은 작게 시작하는 행동이 기본이기 때문에 실패할 확률도 적어 계속 지속하고 싶어진다. 성공이란 결국 많은 행동과 실패 뒤에 맛볼 수 있는 것이다. 나같이 게으르고 겁이 많은 사람도 작은 행동이 습관으로 이어지는 최소습관으로 삶이 바뀔 수 있었다.

어느 책에서 재미있게 읽은 글이다.

'참새 세 마리가 앉아 있고 그 중 두 마리가 날아가려고 마음먹었다면 남아 있는 참새는 몇 마리일까? 답은 여전히 세 마리다.'

그만큼 생각이 행동으로 옮겨지기 힘들다는 내용인데 우리의 계획과 비슷하게 보여 공감했던 기억이 난다. 바로 실행하는 것이 목표로 가는 길임을 알 수 있다. 최소의 행동으로 시작해보면 어떨까?

손만 대면 다 성공할 것 같다는 것은 이종격투기 선수가 한 대도 맞지 않고 게임에서 승리하겠다는 것과 똑같은 생각이다. 어디 이종 격투기 선수들이 한 대도 맞지 않을 수 있겠는가? 맞는 것이 그들의 일인 것처럼 거창한 계획에 손만 대면 성공하는 것만큼 어리석은 일은 없을 것이다.

포스트잇의 일화를 아는가? 강력 접착제를 만들다 실패한 결과물인 포스트잇은 오히려 대성공을 거두었고 3M을 살린 일등공신이 되었다. 성공은 행동으로 옮기고 노력해야만 이루어질 수 있다. 에디슨이 일만 번의 시도를 통해 전구를 개발한 것처럼 행동과 시도를 통해야 성공으로 이어진다. 부담스럽지 않고 실천 가능한 작은 행동을 꾸준히 해서 습관으로 만들어보자. 작은 실행이 습관이 되고 습관이 여러 시행착오를 거치며 멋진 성공으로 이어질 것이니깐.

거창한 계획들을 짠다고 다 성공하는 것이 아님을, 손만 대면 다 성공하는 것이 아님을 알기에 하루에 지킬 수 있는 계획들을 꾸준히 시작하는 게 답이란 걸 확실히 안다. 바로 오늘 하루에 작은 실행으로 꾸준히 습관으로 만들어 내는 것이 성공으로 가는 길이다. 아주 작은 습관들을 익히고 실행해보자. 실패를 해도 결코 두렵지 않을 자신감도 생긴다. 손만 대면 성공하는 것은 많은 행동과 실패를 해 봐야하는 것이다. 그 중 단연코 부담스럽지 않게 익힐 수 있는 습관이 바로 최소습관이다. 작은 실패를 계속하다보면 언젠가 큰 성공에 이른다. 작은 행동이 성공의 습관으로 이어지는 최소의 습관을 가져보자.

05

결심중독에 걸리다

아직도 많은 결심을 하고 실패를 반복하긴 하지만,
최소습관을 통해 결심중독에서 조금씩 벗어나고 있는 내 모습을 보고 느낄 때면
아주 흐뭇하고 뿌듯하다.

한때 나는 연고를 쉴 새 없이 바르는 중독증상에 걸린 적이 있었다. 아토피가 한창 심할 때 식이요법과 자연요법으로 고치고자 건강식품을 먹게 되었다. '명현현상'이라고 해서 건강식품을 먹으면 몸 속에 있는 나쁜 독들이 반응하여 오히려 악화되다가 결국 차차 나아지는 현상이 있는데, 어릴 적부터 병원을 다니며 발랐던 약들이 오히려 독이 되어 식이요법을 할 때마다 아주 심하게 피부 트러블이 일어났다. 그 기간이 길어질수록 낫지도 않는 것 같고 오히려 악화되고 온 몸이 진물 투성이가 되자 나는 또 다시 연고를 발랐다. 단지 조금 발랐을 뿐인데 독한 연고의 효력은 아주 강했다. 몇 번의 식이요법이 실패하자 나는 그냥 연고를 발라서 잠재웠다. 연고를 장시간 쓰는 것이 나쁜 건 알지만 연고가 없으면 왠지 불안하고 얼굴이 더 심하

게 올라올 것 같아서 견딜 수가 없었다. 연고 바르는 횟수가 늘어나기 시작했다. 처음에 낫는 것 같더니 시간이 흐를수록 내성이 생겼는지 소량으로 낫지 않자 듬뿍 바르기 시작했다. 나의 피부는 연고에 의존하는 중독에 걸렸다. 바르지 않으면 불안하고 초조한 것을 보면 알 수 있었다. 조급하게 줄이면 오히려 더 바르고 싶어서 서서히 조금씩 조금씩 줄여갔다. 지금은 보습과 아로마가 들어간 밤을 아주 소량만 바르거나, 지나치게 심하지 않으면 바르지 않는다.

뭔가에 의존하고 그것이 없으면 불안해하는 증상을 중독이라고 한다.

최창호 박사의 저서〈결심 중독〉을 보면 결심도 중독이 된다고 한다. 많은 사람들이 하루에도 수없이 결심하고, 작심하지만 그것이 중독인지도 모르고 다시 결심한다는 것이다. 결심이라도 하지 않으면 불안하고 초조해지는 강박적 결심중독증에 시달리게 된다. 결심하고 실패하고 결국은 무기력해지면서 자포자기를 반복한다. 목표가 없으면 불안해지는 금단증상까지 생기는 결심 중독은 무서운 병이다. 운동을 하겠다고 하면서 군침 도는 치킨 앞에서는 내일부터 운동을 시작하겠다는 결심을 하고, 재미있는 TV 프로그램을 시청하면서 내일부터 영어 공부를 열심히 하겠다는 결심을 하기도 한다. 건강을 위해 금연을 하겠다는 결심, 아이에게 화를 내지 않겠다는 결심 등을 하고 다시 실패를 반복한다. 나 역시 지금까지 한 결심만 봐도 셀 수가 없다. 특히 끈기 없고 즉흥적인 성향이 강해서 번뜩 떠오르는 생각과 아이디어와 계획들을 금방 실행하지 않으면 그냥 포기하고 좌절하는 것이다. 떠오르는 생각 하나라도 실천해서 꾸준히 했다면 아마도 좋은 습관이 꽤 많이 생겼을지도 모른다. 작심삼일이 아닌 작심 하루 만에 무너지는 경우도 많았다. 결심을 하고 바로 시작하지 않으면 어떤 것도 제대로 실천할 수가 없다. 게으른 성격 탓인 듯하다. 새로운 계획을 세우거나 아이디어를 낼 때는 바로 몸부터 움직이는 게 답이다.

　20~30대에는 결심하기를 밥 먹듯 했다. 엄마의 튼튼한 하체를 물려받은 언니와 나는 특히 허벅지가 굵다. 일명 저주받은 하체로 항상 누워서 자전거 타기 100번 하는 것을 결심하고 계획했다. 꾸준히 했더니 허벅지라인이 날씬하게 변했다는 지인 언니의 소식을 듣고 당장 따라하고 싶었다. 한 두 번 하고는 날씬한 다리의 결심이 무색하게 잊혀져버렸다. 그러다가 또다시 여름이 다가오면 날씬한 다리 만들기의 계획을 잡고, 또다시 실패하기를 반복했다. 아직도 언니와 나는 날씬한 허벅다리를 만들지 못했다. 매번 시도하다 실패했기 때문이다. 언니 집 책장에 꽂혀있는 〈저주받은 하체〉라는 책을 볼 때마다 쓴 웃음이 난다. 책상 서랍 속에 잡동사니들을 다 넣어놓고 나중에 정리할 것이라고 결심하고 또 그 다음날이 되면 정리를 미뤄서 서랍정리만 몇 시

간 한 적이 있다. 진득함이라고는 눈 씻고 찾아봐도 찾을 수 없는 아이였다. 특히 인내와 끈기 면에서는 더욱 더 그랬었다.

피아노 강사시절이 생각난다. 일이 힘들어 마음에 들지 않으면 다시 다른 일자리가 없나 기웃거리며 벼룩신문에서 구직란을 뒤져보곤 했다. 괜시리 벼룩신문이라도 가지고 있으면 언제든 나는 더 좋은 일을 찾을 수 있다는 희망 때문이었다. '힘들어도 끈기와 인내를 가지자' 라고 다짐과 결심을 하면서 다음 날 아침에는 그만 둘 핑계거리를 찾곤 했다. 20대 초반에는 어린 마음에 정말로 마음이 맞지 않거나 내가 힘들다고 느끼면 학원을 바로 그만둔 적도 있다. 그래놓고선 다른 학원은 정말 오래 있을 것이라고 결심을 하며 구직란을 뒤졌었다. 인내, 꾸준함을 가지자는 결심은 이미 없어진지 오래다. 세상을 살아가면 이보다 더 어려운 일이 많은데 그때는 그 일이 제일 힘들고 어렵게 보였었나보다. 일자리를 찾을 때도 항상 오래 다니자는 결심과 함께 포기하고 또다시 결심을 하고 있었으니 결심중독증상이 살아오면서 얼마나 깊이 나의 모든 것에 영향을 주었는지 알 수 있다.

후쿠오카 신이치가 말한 죽은 새 증후군의 내용을 보면 인간이 하는 결심들이 죽은 새의 모습과 얼마나 비슷한지, 행동 없는 계획과 결심들이 얼마나 헛된 일인지 알 수 있다. 새는 희망과 자신감을 가지고 출발선에 선다. 마치 우리가 새로운 일들과 계획들을 대할 때처럼. 며칠 밤을 지새우며 경험도 많이 쌓고 업무를 능숙하게 익히고, 일에서 우선순위를 매기고 능률적으로 일한다. 노련해진 새는 자신이 일하는 것을 세상에 알리고 일에서 완숙기를 맞이한다. 드디어 비상의 준비를 시작하지만 그때는 이미 죽었다는 내용이다. 얼마나 끔찍한가? 어쩌면 대부분의 사람들이 죽은 새처럼 계획과 결심만 할 뿐, 변화하거나 실행하지 못한 채 시간을 낭비하며 살아가고 있는 것은 아닐까.

결심중독이라는 것도 습관 그것도 아주 나쁜 습관이다. 지금까지의 자신과 100% 달라지겠다는 결심, 지금껏 해본 일들을 한꺼번에 해내 겠다는 결심은 계획대로 되지 않을 확률이 높다. 날씬한 허벅지를 만 드는 것은 이미 실패할 확률이 컸다는 얘기다.

결심중독의 습관에서 빠져 나오려면 한방을 노리지 말 것을 다음과 같이 말한다.
'반복되는 결심실패로 인해 무기력증을 얻게 되면 혼자서 결심중독 에서 빠져나오기가 어려워진다. 따라서 무기력증에서 벗어나려면 결 심중독에서도 벗어나야 한다. 결심중독에서 벗어나기 위해서는 구체 적이고 현실적인 목표를 세우는 것이 중요하다.'

결심중독에서 빠져나오려면 아주 작고 쉬운 목표의 행동들을 하는 것이 좋다. 최소 습관은 뇌가 부담스럽게 여기지 않을뿐더러 바로 행동을 하게끔 만들기에 좋은 습관으로 자리잡기가 쉽다. 목표가 거창하지 않아서 바로 시작할 수 있다. 습관은 꾸준히 규칙적으로 시간을 들이는 것이므로 아주 부담 없이 서서히 결심중독에서 벗어나는 길은 미루기가 아닌 즉시행동의 최소 습관을 실천하는 것이다. 연고를 갑자기 줄이려면 오히려 더 연고에 집착하게 된다. 그렇기 때문에 아주 조금씩 덜 바르고, 대신 피부에 좋은 보습제품으로 채워가야 한다. 마찬가지로 결심 중독이라는 습관을 줄이기 위해서는 한 번에 고치는 것이 아닌 꾸준히 서서히 줄여나가야 할 것이다. 줄여나가는 습관을 대신할 최소의 습관을 조금씩 만들면 된다. 지금 만약 허벅지를 날씬하게 하고 싶다면 처음 자전거타기를 한 번에서 다섯 번만 가볍게 시작하는 것이다. 그리고 계속 꾸준히 부담 없이 이어지게 하는 작은 습관을 만들면 된다. 매번 서랍을 정리해야지 하며 결심만 하지 말고, 하루 하나 버리기 전략을 써서 부담 없이 정리할 수 있다. 아직도 많은 결심을 하고 실패를 반복하긴 하지만, 최소습관을 통해 결심중독에서 조금씩 벗어나고 있는 내 모습을 보고 느낄 때면 아주 흐뭇하고 뿌듯하다.

06

마흔이 되어서 다시 쓰는 다이어리

최소의 습관으로 행복한 삶을 살 수 있을 것이다.
하루를 충실히 산다면 지금부터 쓰는 다이어리는 나의 역사와 나의 성장이 될 것이다.
마흔부터 다시 쓰는 다이어리는 그렇게 시작되었다.

시중에는 수많은 실용적인 다이어리를 비롯해서 예쁘고 값비싼 다이어리까지 종류도 다양하다. 나는 다이어리와 수첩을 그냥 지나치지 않는다. 유독 다이어리 욕심이 많아서이다. 다이어리를 쓰면 뭔가 결심을 새롭게 하거나 시간 관리를 잘하는 사람처럼 느껴지고 마치 부적의 효력처럼 계획들이 다 이루어질 것만 같은 느낌에서다. 새해가 되면 사람들은 빠짐없이 자신의 계획과 일들을 기록할 수 있는 다이어리를 사는 것처럼 말이다.

다이어리를 쓰는 이유 또한 사람마다 다양하다. 회사에서 처리해야 하는 업무를 적기도 하며, 자신의 시간 관리를 위해서, 매순간 떠오르는 생각이나 하루 일정을 놓치지 않기 위해 적는다. 플랭클린의 플래너는 유명하다. 미국의 100달러에 나오는 인물인 벤저민 플랭클린은 철저하게 시간을 아끼며 자신을 관리했던 것으로 알려져 있다. 저녁이면 조그마한 수첩에 그날 하루의 행동을 기록하고 뒤돌아보며 자신이 세운 계획에 어긋나는 것을 발견하면 검은 점을 찍고 반성했으며, 하루 24시간 계획을 세우고 빈틈없이 체크했다. 일주일마다 13가지 덕목(절제, 침묵, 규율, 결단, 절약, 근면, 성실, 정의, 중용, 청결, 평정, 순결, 겸손) 중 하나를 집중적으로 실천하고 노력했다. 이런 습관으로 그는 행복한 삶을 살 수 있었다고 한다. 우리도 플랭클린과 같이 철저한 계획으로 행복한 삶을 살기 위해 다이어리에 계획과 기록을 남긴다.

플랭클린 플래너의 모델로 활동하기도 했던 박원순 서울 시장은 떠오르는 상념이나 읽은 책의 구절들을 놓치지 않고 적는 메모광이라고 한다. 스케줄을 꼼꼼하게 기록하고 자신을 관리하며 기록하는 습관이 열권이 넘는 저서로 이어졌다는 평도 있을 만큼 다이어리 활용을 잘한다. 나의 목표와 좋은 습관들, 아이디어를 적고 꿈을 적는 다이어리를 새해의 의식처럼 구입했다. 그리고는 맨 앞 장에 올 해의 목표, 나의 꿈 등을 꼼꼼하게 적었다. 이미 이루어진 듯 마냥 뿌듯하다. 그렇게 새해의 1월은 내가 가지고 싶은 습관을 들이며 배우고 싶은 취미를 배우며, 시간 관리와 함께 지나가는 듯 했다. 결국 몇 주도 못가서 여러 가지 상황과 핑계들로 나의 맨 앞 장에 있는 목표와 꿈들과 점점 멀어져가다가 포기하는 계획들이 생겨난다.

그러면 다시 2월부터 계획을 수정하여 꿈들과 계획을 적는다. 어느 순간 첫 날의 의욕과는 다르게 점점 다이어리를 보는 횟수가 줄어들더니 급기야 펼쳐보지 않는 날이 늘어갔다. 다이어리를 보고 메모하고 계획할수록 지키지 못하는 것이 많아졌고, 시간 관리도 하지 않은 채 게으른 생활로 돌아가게 되었다. 지키지 않았다는 좌절감이 더 컸다. 그럼에도 불구하고 해마다 다이어리를 사서 모으고 적는 일을 반복했다.

십년 전 다이어리를 책장 구석에서 꺼내왔다. 다이어리를 펼쳐보는 순간 웃음이 났다. 기한도 없는 목표는 얼마나 많고 컸는지, 그 뒤에 행동은 쏙 빼 놓은 채 말이다. 그 때 당시 음악교육사업을 할 것이라고 적혀 있었는데, 실행한 적은 없었다. 그 이후로도 사업을 하려는 어떤 노력도 하지 않으면서 몇 년 동안 그 계획만 고집했었다. 장황한 목표와 계획은 이미 지킬 수 없음을 알면서도 진짜 모습은 보지 않으려고 했다. 십년의 세월이 흐르면서 무수히 목표가 흔들리고 바뀌어갔다. 그런데도 일관되었던 한 가지는 목표를 아주 거창하게 잡은 것이다. 그러니 나의 목표가 이루어질리 있었겠는가? 지키지 않는 계획들을 보고 좌절감에 빠져 연말이 다가올수록 더 이상 보지 않았다. 엄마가 되고 나서는 아이에게 초점을 맞춰 살았는지 나에 대한 기록과 일기는 잘 없었고 온통 아이에 대한 이야기와 계획뿐이다. 지나고 보니, 엄마가 되더라도 아이에 대해, 가족에 대해 ,나에 대해 조그마한 실천 가능한 계획과 습관을 들였으면 어땠을까 후회가 된다. 최소의 목표를 잡고 꾸준히 실천했다면 분명 10년이 지난 지금은 좋은 습관이 되어 목표를 이루고도 남았을 터다. 엄마가 되어 마흔이 넘고 보니 인생이 너무 빨리 흐른 것 같고 결과물은 보이지 않는다. 하나라도 꾸준히 해온 친구는 사회적 위치를 차지하거나 경제적 부를 갖고 있기도 하고, 나름의 성과물을 가지고 있는데 나는 아무것도 이룬 게 없다고 생각하니 조바심이 났다. 늦은 결혼과 육아도 나의 인생 설계에 많은 영향을 주었다. 뚜렷한 목표가 없었고, 시간이 지날수록 자꾸 변해가는 목표를 보며 주어진 환경에 나의 삶을 맡기고 있었다.

다이어리는 내가 어떤 생각과 습관을 가지고 있었는지 모든 것을 보여 주었다. 플랭클린이 추구하는 행복한 삶과는 전혀 다른 길을 걷고 있었다.

늦었다고 생각이 들 때 포기하는 것이 아니라 그 자리에서 할 수 있는 것부터 다시 시작해야겠다고 마음 먹었다. 마흔에 다시 쓰는 다이어리는 분명 의식과 행동 전략, 태도부터 달라졌다. 꿈과 목표를 제대로 잡고, 나 혼자만의 목표가 아닌 다른 사람에게도 도움이 되는 목표와 비젼을 생각하게 되었고, 지금 여기서 당장 시작할 수 있는 행동부터 기록해 놓고 움직이기로 했다. 다이어리와 최소습관과의 만남이 시작된 것이다.

　최소습관을 들이기에 좋은 이른 아침의 시간을 활용하여 독서, 사색, 노트, 감사, 운동 등 모든 기록을 한다. 결코 부담스럽지 않기 때문에 실패도 없고 의외로 지속성도 좋다. 시간관리 습관으로 우선순위를 정하고 하루를 충실히 사는 법을 배워가고 있다. 지금부터 쓰는 다이어리는 나의 역사와 기록이요, 나의 성장이 될 것이다.

　내가 그렇게 매해 신년 다이어리를 사서 모았던 이유는 새로운 인생을 갖고 싶었고, 좋은 습관으로 가득 찬 행복한 삶을 살고 싶었기 때문이었다. 지키지도 못할 거창하고 장황한 계획들이 아닌 최소 행동으로 만들어진 좋은 습관으로 목표를 정해서 행복한 삶을 누리며 살아갈 것이다.

　철저하게 시간을 아끼며 최소의 행동을 규칙적으로 이어나가고 그 행동을 기록하고 뒤돌아보자. 최소의 습관으로 행복한 삶을 살 수 있을 것이다. 하루를 충실히 산다면 지금부터 쓰는 다이어리는 나의 역사와 나의 성장이 될 것이다. 마흔부터 다시 쓰는 다이어리는 그렇게 시작되었다.

작가되기? 매일 글쓰기!

아주 작은 습관 하나가 당신의 인생을 통째로 바꿀 수 있습니다.
어떤 것이라도 좋으니, 당신이 하고자 하는 일의 최소 단위를 찾아
지금 바로 행동으로 옮기십시오.

내 이름으로 | 책을 출간하고 싶다는 생각이 들었다. 아주 오
래 전부터 그림과 함께 동화책을 내고 싶다는
생각을 해왔었지만, 그보다 앞서 나의 경험을 사람들에게 전하고 싶었
다. 아침에 일어나 물을 마시는 사소한 행동이 내 삶을 바꾸었다는 사
실에 가장 놀란 것은 내 자신이었다. 평범하고 건강하게 살아가는 사
람들은 이해하지 못할 수도 있겠다. 그러나, 오랜 세월 동안 건강과 습
관의 문제 때문에 힘들었던 나는, 지금의 삶이 믿어지지 않을 정도로
행복하다.

내가 힘들고 아플 때에는 잘 보이지 않았다. 분명 나처럼 아니, 나
보다 훨씬 너 힘겹게 살아가고 있는 사람들이 있을 텐데 말이다. 어찌
생각해보면, 내가 맨 처음 최소 습관을 시작하게 된 계기도 책을 통해

서라고 할 수 있다. 그러니 내가 얻은 것만큼 또 다른 누군가에게 건강하고 행복한 삶을 전하는 것이 당연한 사명이 아닐까 라는 생각에 이르게 된 것이다.

결심은 섰는데 막상 시작하려니 엄두가 나질 않았다. 평소에 쓰는 글이라고는 간단한 메모나 감사일기 정도인데, 책 한 권을 쓰려면 원고지 천 장 정도의 분량을 채워야 한다니 상상조차 하기 힘들었다. 도대체 어느 천 년에 원고를 완성하고 책을 낼 수 있단 말인가. 전업 작가도 아니고, 글을 써 본 경험도 없고, 글재주가 뛰어난 것도 아니니 그야말로 대책없는 목표가 아닐 수 없었다.

몇 번이나 컴퓨터 앞에 앉아 시도를 해봤지만 쉽지 않았다. 스스로 위안하기도 했다. 내가 무슨 책을 써.

글을 쓰고 책을 출간하는 가정주부들의 소식을 접할 때마다 가슴속에 불꽃이 일었다. 저 사람들은 뜻을 이루고 꿈을 향해 나아가는데, 나라고 하지 못할 이유가 어디 있을까.

마음을 달리 먹기로 했다. 이미 최소 습관으로 많은 것들을 이뤄내고 있었다. 글을 쓰고 책을 출간하는 일에도 변함없이 최소 습관을 적용하기로 단단히 마음 먹었다.

최소한 A4 용지 100장을 채워야 책이 될 수 있다. 100장이라는 숫자에 연연하다 보니 감히 엄두를 내지 못했던 것 같다. 어떤 위대한 작가도 한 번에 100장을 채울 수는 없다. 글을 쓰는 방법은 오직 한 번에 단어 하나, 문장 하나씩 적어나가는 것이라는 글을 읽은 기억이 났다. 한 번에 단어 하나, 문장 하나씩!

컨셉과 주제를 정하고 목차를 만들었다. 책을 출간하겠다는 거창한 목표는 일단 접어 두었다. 100장을 채워야 한다는 부담도 마음 한 구석으로 치워버렸다. 다만 매일 빠짐없이 글을 쓰겠다는 각오만 다졌다.

그 동안 실천했던 다른 최소 습관과는 다소 차이가 있었다. 물은 한 잔이든 반 잔이든 얼마든지 줄여나가며 나에게 맞출 수 있었고, 운동 시간도 5분이든 1분이든 얼마든지 나에게 맞춰 진행할 수 있었다. 그러나 글쓰기는 무조건 최소의 목표로 잡기에는 한계가 있었다.

하루에 한 줄 쓰기로 목표를 세운다면 얼마든지 수월하게 최소 습관을 진행해 나갈 수 있었겠지만, 문제는 글의 흐름 즉, 문맥이었다. 개인적인 일기를 쓰는 것도 아니고, 독자를 위한 책을 쓰는 것인데 매일 한 줄, 두 줄씩 낙서하듯 쓸 수는 없는 노릇이었다.

책은 시작과 끝이 분명해야 하며, 나의 경험과 감정들이 일맥상통하며 반듯하게 정돈되어야 한다. 그러기 위해서는 머릿속의 생각들이 글이 되어 나오는 순간 어느 정도까지는 마무리가 되어야 한다고 생각했다. 마구잡이로 쓰다 말다 할 수는 없는 일이었다. 매일 정확한 분량을 목표로 잡지 않으면 나중에 원고 전체가 엉망이 될 지도 모른다는 염려가 들었다.

하루에 A4용지 2.5매를 쓰기로 했다. 개인적으로 글쓰기/책쓰기와 관련해 지도를 받는 코치와 함께 상의해서 결정한 양이다. 내 입장에서는 상당히 부담스러운 분량이었다.

최소 습관의 절대 원칙은 결코 부담스러워해서는 안 된다는 것인데, 유일하게 책쓰기 만큼은 조금 욕심을 내어 보기로 했다. 어쩌면 이 것은 내 자신에게도 거대한 도전이며, 무엇보다 나의 책이 세상 누군가에게 꼭 필요한 존재가 될 지도 모른다는 희망이 용기를 내게 해 주었던 것 같다.

결론부터 말하자면, 나는 정확히 35일 만에 초고를 완성했다. 하루에 2.5매씩 꼬박 35일을 채웠으니 또 한 번의 도전에 성공한 것이다. 밤잠을 설치기도 했고, 아픈 몸을 이끌고 무리해서 쓴 날도 있었다. 딸과 함께 보내는 시간을 조금 줄이기도 했고, 집안일에 다소 소홀하기도 했다. 지면을 빌어 가족들에게 미안한 마음을 전하고 싶다.

출판사에 투고한지 이틀 만에 연락을 받았고, 계약까지 하기에 이르렀다. 지금 생각해도 꿈만 같은 일이며, 아직도 실감이 나지 않는다. 도대체 내가 무슨 짓을 한 거지!

평범한 가정주부로 살았다. 하고 싶은 일은 많았지만, 할 수 있는 일은 아무 것도 없었다. 살림도 겨우겨우, 딸아이 하나를 키우는 것도 힘에 겨워 근근이 하루하루를 보냈었다. 불과 1년도 채 지나지 않은 시간 동안 내 삶은 통째로 바뀌었다고 해도 과언이 아닐 정도다.

건강은 물론이고, 사람들과의 관계까지 행복이 넘친다. 게다가 책까지 출간하게 되었다. 무엇보다 가장 중요한 것은, 내 자신이 활력에 넘친다는 사실이다. 상상조차 할 수 없었던 삶이다. 행복하다는 표현을 내 입으로 하게 될 줄은 정말 몰랐다.

습관이 중요하다는 말도, 습관이 사람을 만든다는 말도 수없이 들으며 살았다. 한 번도 귀담아 듣지 않았던 내 자신이 너무나 안타깝고 후회되기도 한다. 온 몸으로 느끼며 경험을 하고서야 비로소 깨닫게 되었다. 습관이라는 것, 그것도 눈에 보이지도 않을 정도의 작은 습관 하나가 삶을 완전히 바꿀 수 있다는 사실을 누구보다 절실하게 알리고 싶다.

혹시 지금 이 순간, 자신의 삶이 만족스럽지 않다거나 뭔가 새로운 변화를 시도해 보고자 노력하는 사람들이 있다면 꼭 말해주고 싶다.

"아주 작은 습관 하나가 당신의 인생을 통째로 바꿀 수 있습니다. 어떤 것이라도 좋으니, 당신이 하고자 하는 일의 최소 단위를 찾아 지금 바로 행동으로 옮기십시오. 믿으셔도 좋습니다. 제 경험입니다!"

Chapter 02

[제 2 장]

작은 습관이
운명을 결정한다

아주 조금
일찍 일어나볼까?

01

작은 습관으로 성장한 엄마

세 살 버릇 여든까지 간다는 속담이 있듯이, 아이의 습관은 어려서부터 결정되며,
부모의 역할이 큰 비중을 차지한다는 것을. 내 딸을 위해서라도 나는 내가 원하고, 내 삶에
행복을 줄 수 있는 습관을 반드시 가져야겠다고 다짐했다.

20대│ 후반의 내 별명은 북한 소녀였다. 북한 소녀처럼 못 먹고
말라보여서가 아니라, '오직 수령님'을 외치는 삶처럼 '오
직 성공'만을 외치고 다녔기 때문에 붙은 별명이었다. 브라이언 트레
이시의 책 하나로 내 마음에 성공이라는 불씨가 살아나면서 만나는 사
람들에게 빼놓지 않고 자기계발서에 나오는 말들을 하며 다녔다. 마치
내일이라도 금방 성공할 것처럼 떠들며, '될 수 있다,' '돈 많이 벌 수
있다'고 주문을 외우고 다녔다. 성공한 사람들의 예화, 심리학, 경영,
처세, 습관, 시간 전략, 등의 책을 읽으며 가까이 다가올 성공과 부에
대해 상상하는 시간들은 꿀맛 같았다. 세월이 흐르고, 마흔을 넘긴 지
난 해 문득 그런 생각이 들었다.

'지금 나는 성공과 부에 얼마나 가까이 와 있는가?'

'한 분야에서 전문가가 되어 있는가?'

'이도 저도 아니라면, 과연 행복하게는 살고 있는가?'

답을 할 수 없었다. 확신을 할 수 없었다. 지나온 십여 년 동안 그렇게 성공을 위해 책도 보고 계획도 세웠었는데 변한 게 하나도 없었다. 우울한 감정기복, 저질 체력, 끈기 제로, 즉흥적인 삶, 타인과의 비교, 행동 결여, 불평, 게으름, 계획 중독, 고립된 사회관계, 낭비습관 등 한 가지도 나아진 것이 없었다. 내 발 뒷꿈치의 굳은살처럼 좋지 않은 습관들만 점점 더 딱딱하게 자리 잡아가고 있었다. 돌이켜보면, 나는 늘 거대한 목표들을 생각만 할 뿐 실천하는 일이 없었고, 어쩌다 시작한 일들도 꾸준히 하지 못했었다. 그러다보니 행복한 삶을 살펴볼 마음의 여유조차 상실하고 만 것이다.

절박함에 일찍 일어나 보기도 해봤고, 식습관을 고치려는 시도도 해봤으며, 가까운 초등학교 운동장을 돌며 운동도 해보고, 요가를 하기도 했다. 돈을 아끼려고 저녁을 어묵과 소시지로 떼워도 봤고 긍정적인 생각을 하려고 수많은 노력을 기울이기도 했다. 그러나 이 모든 것들이 몇 번의 시도에 그치기 일쑤였고, 습관이 될 뻔한 것들도 결국은 다시 원래의 상태로 돌아가고 말았다. 행동이 결여된 목표는 절대로 이룰 수 없고, 목표를 달성하기 위해서는 규칙적인 행동이 반드시 꾸준하게 이어져야만 했다. 성공한 사람들은 습관이 운명을 지배한다고 말한다. 마흔에 이르러서야 사색을 통해, 그리고 내면에 귀를 기울이게 되면서 다시 좋은 습관을 만들고 싶다는 욕구를 강하게 가지기 시작했다.

아이를 가진 엄마라면 누구나 알 것이다. 세 살 버릇 여든까지 간다는 속담이 있듯이, 아이의 습관은 어려서부터 결정되며, 부모의 역할이 큰 비중을 차지한다는 것을. 내 딸을 위해서라도 나는 내가 원하고, 내 삶에 행복을 줄 수 있는 습관을 반드시 가져야겠다고 다짐했다.

작은 행동부터 시작하기로 마음먹고 시작한 때가 2015년 10월이다. 우연히 만난 스티븐 기즈의 〈습관의 재발견〉이란 책을 읽은 후부터 습관에 관한 호기심이 생기게 되었고, 목표를 아주 작은 수준으로 정해서 행동하기로 마음먹었다. 작은 목표는 부담이 없었기 때문이었는지 시작도 잘 되었고, 규칙적으로 이어나갈 수도 있었다. 아주 작은 목표와 행동들은 나 뿐만 아니라 어린 딸에게도 전혀 부담이 되지 않아 자연스럽게 함께 실천하기도 했다. 엄마처럼 약하고, 우울하고, 끈기가 없는 아이로 자라지 않기를 바라는 진심도 함께 담았다.

한 달 쯤 지난 뒤, 하루 물 두 잔 마시기 라는 목표가 계속 이어지고 있었다. 남들에게는 아주 우습게 여겨질 지도 모르겠지만, 심하게 갈

증이 날 때를 제외하고는 거의 물을 마시지 않았던 나에게 있어서 이 것은 대단한 발전이 아닐 수 없었다. 참고로, 물을 마시겠다는 목표 외 에도 여러 가지 작은 목표들과 실천사항들을 다양하게 계획했었지만, 지켜진 것은 물 마시기 뿐이었다. 아무리 작은 목표와 행동계획이라도 처음부터 종류가 다른 목표들을 너무 많이 세우게 되면 습관으로 형성 될 수 없다는 중요한 사실도 함께 깨닫게 되었다.

거대한 목표만이 습관을 만든다고 생각했던 고정관념이 무너지는 한 달이었다. 두 번째 달에는 물 마시기 외에 다른 습관들도 조금씩 불 규칙적으로 이어갔다. 아주 작은 최소의 행동이다 보니 짧은 시간에 크게 변화된 모습을 보기란 힘들었지만, 당시의 나는 결과물보다 뭔가 를 꾸준하게 계속 이어나갈 수 있다는데 초점을 맞추고 있었다.

습관은 보통 21일에서 석 달 정도면 만들어질 수 있다고 한다. 규칙 적으로 강도 있게 단기간의 목표를 이루기 위해 모든 걸 참고 한다면 어느 정도 결과물을 볼 수 있을 지도 모르겠다. 예를 들어 남자영화배 우가 단기간에 살을 빼고 초콜릿 복근을 만들고자 할 때, 매일 강도 높 은 운동을 하면서 닭 가슴살만 먹으면 조금은 원하는 몸매가 만들어진 다.

그러나 나는 강도가 높지도 않았고, 눈에 띄는 성과도 없었다. 때로 는 회의적인 생각도 많이 들었다.

'내가 이걸 과연 잘 지속할 수 있나?'

'꾸준히 지속하기 전에 포기하겠다.'

'효과가 있긴 있는 걸까?'

그나마 계속 할 수 있었던 것은, 워낙 작은 행동인 만큼 부담이 전혀 없었기 때문이었다.

이렇게 하루 두 잔의 물을 매일 마시겠다는 나의 작은 목표는 석 달이나 계속되었고, 조금씩 습관이 되어가고 있다는 사실이 느껴지기 시작했다. 석 달째 접어들면서 물 마시기와 함께 시작한 작은 행동들 중 습관이 되어가고 있는 또 하나의 행동이 있었다. 그것은 바로 감사일기를 쓰는 것이었다. 감사일기를 쓰면서부터 매 순간 충실하기로 마음먹었고, 상대방으로부터 뭔가를 받아야만 감사하다는 생각으로부터 벗어나기 시작했다. 일상에서 감사함을 찾고, 의미를 부여하며, 가치를 찾기 시작했다.

물 마시기와 감사일기에 이어 네 번째 달부터는 일찍 자고 일찍 일어나는 습관을 시작했고, 여섯 번째 달부터는 요가와 팔굽혀펴기까지 발전되어 몸에 근력이 조금씩 붙기도 했다. 예전에는 제대로 운동을 해보려고 일 년 동안 시도를 해도 제대로 하지 못했었는데, 이렇게 아주 작은 목표를 세우고 시작한 끝에 지금은 팔굽혀펴기가 너무나 자유롭다. 언제든지 생각날 때마다 한다. 하나도 힘들지 않았다. 그냥 호흡에서 요가로, 팔굽혀펴기로 자연스럽게 이어진 것뿐이다.

힘들지 않게 습관이 되고 있는 이 하나하나의 행동들이 나에겐 어떤 큰 목표를 이룬 것보다 더 가치 있음은 두말 할 필요가 없다.

목표가 크고 작고는 중요하지 않다. 살아가는 동안 내가 원하는 행동을 최소로 시작해서 꾸준히 해나가면 되는 것이다. 소소한 좋은 습관들이 계속 모이자 꾸준하고 지속적인 힘을 조금씩 맛보기 시작했다. 포기하지 않고 계속할 수 있고, 언제든 다시 시작할 수도 있으며 평생 동안 이어나갈 수 있다는 생각 때문에, 나는 지금 당장 원하는 삶이 아닐지라도 언젠가는 무슨 일이든 이루어낼 수 있다는 자신감까지 생기게 되었다.

감사일기를 쓰는 습관으로 삶의 즐거움과 함께 풍요로운 마음도 느끼게 되었다. 감사를 통한 삶의 행복을 알게 된 후부터 나의 목표는 부와 성공에서 행복으로 바뀌게 되었다. 하루 두 잔의 물을 마신다는 목표로 작은 습관 들이기를 시작한 지 약 1년이 지났다. 이 기적같은 1년이 지나는 동안, 나는 긍정적인 마음으로 나의 감정을 바라보게 되었고, 무슨 일이든 미루지 않고 즉시 실행하는 습관까지 생겼다. 하루하루가 소중하니 시간전략도 세우기 시작했다. 언젠가는 글을 쓰고 싶다는 나의 두 줄 쓰기 습관은 이제 나를 글을 쓰는 사람으로 바꿔놓았다.

하루 두 줄의 글을 쓰는 습관이 생겼다고 해서 갑자기 많은 양의 글을 쓴다는 것은 결코 쉬운 일이 아니다. 그럼에도 불구하고 어디서 그런 자신감이 생겼는지는 모르겠지만 방대한 양의 글도 얼마든지 쓸 수 있다는 믿음이 생겼고, 실제로도 하루 두 장, 세 장의 글을 무난하게 쓰기도 한다. 더욱 중요한 것은, 이제는 조금 부담스러울 정도의 목표나 행동이라도 얼마든지 시도해 볼 용기가 생겼다는 사실이다.

나는 오늘도 여러 개의 최소 습관을 실행했다. 시간이 나면, 언제 어디서나 가볍게 할 수 있다. 아이와 함께 즐거운 시간을 보낼 수도 있고, 설거지를 하다가도, 장을 보다가도, 집안 일을 하다가도, 어떤 경우에도 가볍게 할 수 있는 작은 습관을 익혀보자. 이렇게 가벼운 습관을 익혀보자. 만약 직장에 다니는 사람이라면 쉬는 시간에 사무실에서, 출퇴근시간에 지하철이나 버스 안에서, 휴식시간에 언제 어디서든지 가능하다. 모두가 부담 없이 가능한 최소 습관이다. 거대한 목표에 짓눌려 포기하고 엄두를 못 내는 사람들에게 꼭 최소 습관을 익혀보라고 권하고 싶다.

나는 최소 습관을 통해서 나만의 인생목표와 가치를 찾았으며, 끈기와 지속력을 갖게 되었다. 또한 나 자신을 믿는 자신감이 생겼다. 나는 '모든 면에서 점점 더 발전하고 있다.' 라는 말을 참 좋아한다. '모든 면에서 다 잘한다.' 라는 표현이었다면 그렇게 내 마음을 끌지 못했을 것 같다. 어제보다 나은 오늘을 열심히 살고, 내일이 되면 또 오늘보다 조금이라도 성장한 삶을 살면 되는 것이다. 그렇게 한다면 살아가는 동안 내가 성장하는 과정들을 계속 지켜볼 수 있을 것이다. 어느순간 '짠' 하고 나타나는 슈퍼스타들. 그들의 처음 시작은 아무 것도 아니었겠지만 그 시작들이 모여 자신을 믿고 꾸준히 견뎌왔기에 오늘에 이르는 탑 스타가 된 것이 아닐까. 최소의 행동 하나는 아무것도 아닐지 몰라도 그 작은 행동들이 모이면 어마어마한 힘을 가지게 된다. 시작은 보잘 것 없지만 그 끝은 어마어마한 최소 습관들을 키워보자. 나는 자신 있게 말한다.

"최소 습관이 답이다. 작은 습관을 통해 나는 분명 어제보다 성장할 수 있었다!"

대단한 행동보다 매일 실천하기

당장 눈앞에 성과가 보이지 않더라도 작은 실천을 꾸준히 하다보면
분명 습관이 되고 무의식에 남게 된다. 최소의 습관은 다시 예전 습관으로 되돌아 갈 확률이
매우 적다. 내가 실천할 수 있는 최소의 행동들부터 매일 실천해보자.

나는 된장찌개를 좋아한다. 구수한 고향의 냄새 가득한 된장, 다시국물 안에 갖가지 야채들과 미더덕, 두부, 마지막에 청량고추를 넣어 보글보글 끓인다. 갓 지은 밥과 비벼 먹으면 한 끼 식사로 그만이다. 닭볶음탕, 잡채, 소고기전골과 같이 거창한 요리를 만들어 먹어야 든든한 한 끼의 식사가 되는 것은 아니다. 일전에 언니가 몸이 아파서 몇 개월 병가를 내고 우리 집에서 쉬고 있을 때였다. 언니는 자질구레한 반찬은 못 만들지만 그럴듯한 '요리'를 할 수 있다고 했다. 나는 솔직히 고기요리나 거창한 요리를 잘 만들지 못한다. 그냥 뚝딱뚝딱 만들어 금방 먹을 수 있는 간단한 음식을 좋아하는 편이다. 야채도 그다지 예쁘게 썰지 못한다. 대충대충 썰어 만든다.

그런 나와 달리 언니는 맛도 모양도 공이 많이 들어가는 음식을 잘 만든다. 언니가 만들어 주는 요리는 몇 년에 한 번 맛 볼 수 있는 그런 음식들이다. 마침 언니가 닭볶음탕을 해주겠다고 했다. 언니는 공을 들여 요리를 했다. 식사 시간이 훨씬 지나 완성된 요리는 너무 배고프고 기다림에 지쳤던 우리의 욕구를 충족시키지 못했던 기억이 난다. 그 뒤로 언니는 닭볶음탕 요리를 한 번도 하지 않았다. 거창하고 손이 많이 가며 시간이 많이 걸리는 요리만 제대로 된 음식은 아니다. 일상에서 쉽게 만들어 먹을 수 있는 음식들, 간단하게 자주, 배고플 때, 식사시간에 맞춰 제 때 만들어 먹을 수 있는 음식들이야말로 최고의 요리라고 본다.

요리와 마찬가지로 우리는 우리의 인생에서 매년, 매달, 매일 계획을 짜고 실천을 한다. 계획은 항상 장황하고 목표는 크게 잡는다. 그리고 시간과 공을 들이는 것이야말로 최고의 행동전략이라고 보며 노력한다. 그런 목표와 계획은 처음 몇 번이야 의욕이 충만할 수 있다. 그러나 시간이 지날수록 어렵고 힘들어 지치게 되고 결국 포기하게 된다. 차라리 거창한 행동전략보다 내가 지킬 수 있는 작은 행동의 전략을 꾸준히 익히는 편이 훨씬 낫다. 거창한 행동전략만이 내가 세운 목표를 이루어주는 수단이 아니다. 일상에서 쉽게 할 수 있는 작은 행동들이 별 것 아닌 전략으로 보일 지는 몰라도 쉽고 부담없기 때문에 포기하지 않고 매일 실천할 수 있다.

　건강을 위해 운동을 계획했다면 처음부터 '1시간이상 운동하기, 5km 걷기' 등 거창한 행동보다는 '10분간 맨손 체조하기, 10분 걷기'와 같은 매일 실천 가능한 행동들이 습관으로 이어지기 훨씬 쉽다.

　우연히 길에서 딸의 어린이집 원장 선생님을 뵌 적이 있다. 마침 요가학원에 다녀오던 길이라 자연스레 운동의 중요성을 애기하게 되었다. 원장 선생님도 건강을 위해 1시간 걷기를 시작했다는데 시작하자 얼마 못 가 호된 몸살로 고생했다고 한다. 그래서 나는 선생님께 처음부터 무리하신 것 같다고 말씀드렸더니 20~30분으로 목표를 조정해서 다시 시도해 보겠다고 다짐하셨다. 거창한 계획만이 가치가 있다고 생각하기 쉽지만, 오히려 간단하고 쉽고 소박한 행동을 매일 실천하는 것이 좋은 습관으로 이어질 확률이 훨씬 크다.

　거창한 요리를 매일매일 만드는 것이 익숙하지 않은 사람에게는 그 요리자체가 부담스럽다.　오히려 쉽고 간단하게 당장 만들 수 있는 것으로 매일 실천하는 게 훨씬 낫다. 간단한 음식도 거창한 음식도 모두 다 훌륭한 한 끼의 식사이다. 사람들은 삶에서 좋은 습관을 만들기 위해 여러 가지로 노력하고 있다.

블로그를 통해 자기계발에 열심인 사람들을 보면, 습관에 대한 그들의 실천과 고민들, 행동 전략들을 빼곡이 적고 있음을 알 수 있다. 아침에 일찍 일어나는 습관부터, 영어공부, 감사일기 쓰기, 운동하기, 글쓰기, 식습관, 수면 습관, 아이와 함께 익히는 습관 등 셀 수도 없을 만큼 좋은 습관을 만들고자 노력한다. 자신과 싸우며 이겨내는 그들의 모습을 볼 때 동기부여도 되고 격려도 많이 받는다. 그러나 중도에 포기하는 사람들을 보면 하나같이 너무 과한 목표와 행동으로 단번에 자신의 모든 것을 바꾸려고 한다는 점을 알 수 있다. 강도 높은 계획과 함께 자신만의 동기부여로 꾸준히 이어 습관으로 만들면 당연히 더 바랄 것이 없겠다. 하지만 강도 높은 목표와 행동으로 단기간에 습관을 들이는 경우에는 다시 예전으로 돌아갈 때가 많다. 진정한 습관화가 안 된 것이다. 차라리 당장 눈앞에 성과가 보이지 않더라도 작은 실천을 꾸준히 하다보면 분명 습관이 되고 무의식에 남게 된다. 최소의 습관은 다시 예전 습관으로 되돌아 갈 확률이 매우 적다. 내가 실천할 수 있는 최소의 행동들부터 매일 실천해보자. 거창한 행동보다 매일 실천할 수 있는 작은 행동들이 좋은 습관으로 이어질 것이다.

운동을 할 때도, 문제를 해결할 때도, 독서를 할 때도, 돈을 모을 때도 거창한 행동보다는 내가 할 수 있는 최소의 행동으로 시작한다. 최소의 행동은 규칙적인 삶을 만들기 때문에 습관들이기에 안성맞춤이다. 거창한 요리가 아닌 일상에서 쉽게 만들어 먹을 수 있는 음식들, 간단하고 자주 만들어 먹을 수 있는 음식들을 만들어 보자.

거창한 행동전략보다 내가 지킬 수 있는 작은 행동들을 실천해보자. 일상에서 쉽게 할 수 있는 작은 행동들이야 말로 인생 최고의 요리, 최고의 습관을 만드는 것이다. 내가 원하는 인생의 목표를 달성하기 위해서는 작은 행동을 매일 실천하는 것이 최선의 방법이다

03

엄마의 습관이 가족을 바꾼다

오늘을 살아가는 엄마는 늘 바쁘다. 엄마가 활용할 수 있는 최고의 습관은
바로 아주 작게 시작하는 최소의 습관이다. 이 습관은 자신을 부담스럽지 않게 꾸준히
변화시킬 뿐 아니라 가족들까지도 변화시키는 힘을 가지고 있다.

참 지독히도 | 더운 여름이다. 딸과 함께 유치원에서 집으로
돌아오는 길에 마트에 들러 시원한 커피와 음
료, 그리고 딸이 좋아하는 떡을 샀다. 순간 아랫집으로 이사 온 이웃으
로부터 이사 떡을 받아 맛있게 먹은 기억이 나서 커피와 떡을 몇 개씩
더 샀다.

"아래층 언니 갖다 줄까?"

예전에는 남에게 뭔가를 주는 것을 싫어했었는데 요즘 들어 딸아이
는 흔쾌히 동의한다. 딸아이는 학기 초만 해도 자신의 물건, 자신의
것, 우리 집 물건에 대한 집착이 강했다. 우리가 누군가에게 베풀거나

호의를 보이는 것에 대해 상당히 부정적인 반응을 보였다. 외동딸이라 가족들에게 무조건 받기만 하고 자라서인지 누군가에게 자신의 것을 나눠주거나 베푸는 행위를 받아들이지 못했다. 그랬던 딸이 최근에는 많이 변했다.

내가 감사하는 습관을 들이기로 마음먹고 다른 사람에게 카드와 선물을 줄 때가 많았다. 감사하는 마음을 갖는 것은 자신에게 행복한 마음을 안겨주는 소중한 마음가짐이기에 어린 딸에게도 느끼게 해주고 싶었다. 아파트에서 일하시는 청소 아주머니, 경비원 아저씨, 택배 아저씨께는 시원한 음료수에 간단한 메모를 붙여 드렸다. 특히 택배 아저씨는 벨만 누르고 물건을 놔두고 가는 경우가 많아서 엘리베이터 벨소리가 나면 딸과 나는 007작전을 펼친다. 딸이 먼저 신경 쓰면서 아저씨오신 것 같다며 음료수를 갖고 나온다. 가끔씩 나는 직접 카드를 그려서 주기도 하는데, 딸도 그런 나를 보며 유치원 선생님께, 친구에게, 엄마와 아빠에게 감사카드를 준다. 얼마 전 딸에게 말한 적이 있다.

"우리는 혼자서 살 수가 없단다. 혼자 살면 외롭지. 그래서 여러 친구들과 사람들과 어울리면서 살아가는데, 함께 돕고 나누면서 사는 거야. 우리도 언젠가는 누군가의 도움을 받고 나눔을 받을 수 있거든."

그랬더니 아이가 말한다.

"엄마, 안 그래도 채윤이한테 어제 네임펜 나눠 썼어. 그랬더니 오늘 나도 빌려주더라."

딸아이가 어느새 감사의 마음을 배우고 실천하는 것 같아서 마음이 뿌듯했다. 이런 저런 잔소리 할 필요 없이 엄마가 먼저 감사하고, 행복해하는 작은 습관을 가지니까 딸도 함께 보고 느끼며 성장하는 것 같다. 시간이 흐르면 분명 딸은 훨씬 더 멋지고 행복한 아이로 자랄 것이란 사실을 믿는다. 물질적으로 풍요로운 시대에 살고 있고 자신과 가족밖에 모르는 사람들이 많은 시대에 살고 있지만, 아이들에게 소소한 행복을 배울 수 있도록 부모가 먼저 감사하는 마음을 작게 실천하는 습관을 들여 보여준다면 분명 아이들의 마음도 크게 넓어질 것이다.

남편에게 서운한 마음이 들 때에도 오히려 감사카드를 적어서 주면 효과가 최고다. 일전에 TV만 보고 놀아주지도 않으면서 딸아이에게 엄청 야단만 쳐서 속상한 적이 있었다. 그래서 카드를 만들어 전했다.

'딸의 가장 행복한 시간이 아빠와 즐겁게 노는 것'
'피곤한데도 놀아주려고 노력해서 고맙고 항상 가족을 위해 애써줘

서 고맙다'

그랬더니 감사카드를 전한 그 날 저녁 바로 일찍 들어와 아이와 함께 최선을 다해 놀아 주었다. 감사하는 작은 습관으로 이렇게 나의 가족도 조금씩 변화 시킬 수 있었다.

비단 감사하는 습관만 그럴까? 아침 일찍 일어나 긍정하는 마음을 갖고, 책을 읽고, 사색하며 나만의 시간을 보낸다. 이미 최소 습관이 자리 잡았기 때문에 스트레칭, 요가와 명상, 감사일기 쓰기, 오늘의 할 일 적기 등을 통해 아침마다 내면의 힘을 쌓는다. 최소 습관을 익히기 전에는 아침에 일어나는 것조차 힘들었고, 늦잠 자는 아이를 겨우 깨워 유치원에 보내기 일쑤였다. 그런데 내가 아침을 일찍 시작하니 아이도 궁금했는지 일어나는 시간이 점점 나와 비슷하게 맞춰지고, 오히려 더 일찍 일어나서 자기도 그림책을 본다며 따라하곤 한다. 또 내가 일찍 일어나 새벽에 나가는 남편을 배웅하니 무뚝뚝한 남편도 싫지는 않은 모양이었다.

요가를 하고 규칙적인 생활을 하니 자주 아팠던 나의 몸도 조금씩 그 빈도가 줄어들었고 활기찬 기운이 하루가 다르게 솟아난다. 더욱 기분 좋은 일은, 그렇게 밥을 싫어하는 딸이 최소 2숟가락(아이 기준)을 매일 실천하면서부터 조금씩 식사량이 늘어가고 있다는 사실이다. 물론 아직까지는 편식이 심한 편이지만, 부담 없이 실천할 수 있는 목표를 정해서인지 꽤 효과를 보고 있다.

온 집안이 책으로 둘러싸여 있다 보니 딸도 책에 대한 관심이 깊어졌다. 아직은 읽기가 서툴러 내가 대신 읽어줘야 하지만, 책보는 것을 좋아하고 도서관이나 서점가는 것을 좋아하는 것만으로도 좋은 습관이 들었다고 본다. 불규칙적으로 많이 읽어주는 것보다는 작은 권수라도 꾸준히 읽혀주는 것이 좋다는 생각에 일주일에 최소 한 권 이상 읽는 습관을 들이고 있다. 독서 교육하시는 분이 이 얘기를 들으면 읽는 권수가 턱 없이 모자란다고 할 지 모르겠지만, 나는 최소 습관의 힘을 알기에 양보다는 꾸준히 읽는 습관에 만족한다.

거창한 계획을 세워놓고 지키지 않을 바엔 당장 실행할 수 있는 목표들을 정하고 실천하는 것이 하루를 충실하게 살아가는데도 도움이 되고, 시간도 헛되이 보내지 않게 된다. 딸과 나는 타이머를 좋아한다. 딸에게는 헬로우 키티 타이머를, 나는 핸드폰의 타이머를 사용해 아침의 시간을 관리하며 딸은 TV 보는 시간을 정해놓거나, 외출해야 하는 시간을 미리 맞춰놓기도 한다. 또 각자 해야 할 일이 있을 때에는 타이머를 이용해서 서로 방해하지 말고 시간을 쓰자는 규칙도 정했다. 타이머라고 하면 시간에 얽매일 것 같아 거부감이 드는 사람도 있겠지만 재미있는 게임 형식으로 이용하면 시간활용에도 도움이 되고, 어린 딸이 스스로 자신의 할 일을 찾기도 하는 등 아주 고마운 도구로 활용할 수 있다.

항상 포스트잇을 지갑 속에 넣어 다니는 습관 때문인지 딸도 포스트잇에 장 볼 목록을 적어서 갈 때도 있다. 물론 아직은 알아보기도 힘들 만큼 엉망인 글씨지만 이런 딸을 볼 때마다 아주 흐뭇하고 든든하다. 집 안 곳곳에는 딸아이가 쓴 포스트잇의 흔적들이 붙어있다.

'사랑해요, 미안해요, 엄마, 아빠.'

그리고 자신의 마음을 그림으로 그려서 붙여 놓기도 한다. 이렇게 기록하는 습관이 언젠가 사춘기가 되는 딸의 속마음을 표현하는 수단이 될 수도 있겠다는 마음으로 바라보고 있다. 남편도 포스트잇으로 딸아이와 나에게 사랑의 마음을 잘 표현하는데, 무뚝뚝한 경상도 남자가 그런 메모까지 한다는 사실이 놀랍기도 하고, 사랑스럽기도 하다. 나는 아이디어를 적거나 간단한 메모를 하기 위해 포스트잇은 물론이고 노트와 미니 수첩까지 애용하고 있다. 책과 함께 나의 가장 소중한 보물 중 하나인 노트에는 나와 우리가족의 역사가 하루하루 들어있어서 참 소중하다.

작고 작은 질문하기 습관은 부담스럽지 않아 딸아이와 함께 자주 실천하고 있다. TV를 보는 시간이 너무 많아 해결방안으로 몇 가지 최소 실천 사항을 적어 본 적이 있다.

'케리 언니(인기 캐릭터 언니)처럼 되려면 많은 것을 경험해야 하니까 책을 많이 읽는다'
'케리 언니처럼 직접 동영상을 찍어본다'

바로 딸아이와 함께 동영상을 찍었다. 찍으며 너무 부끄러워하는 딸아이와 대화를 나누기도 했다. 자신있게 이야기를 하려면 책을 많이 봐야겠다, 다양하게 경험을 많이 해봐야겠다, 좀 더 큰 목소리로 말해야겠다 등 딸아이 스스로 느끼는 점들도 아주 많았다. TV를 보는 시간을 줄이고 훨씬 더 의미있는 모녀간의 시간을 가진 셈이다.

조금이라도 부담스럽다고 느꼈다면 나는 일찌감치 최소습관을 그만두었을 것이다. 끈기 없고 나약한 내가 이렇게 최소습관을 계속 이어 가는 근본적인 힘은, '최소습관의 시작은 부담스럽지 않게, 그러나 그 끝은 결코 작지 않다' 라는 사실에 있다. 가족에게 굳이 권유할 필요도 없다. 내가 먼저 실천하면 자녀는 자연스레 따라한다. 그만큼 쉽고 부담이 없기 때문이다. 아이는 부모의 등을 보고 자란다. 부모라면 아이가 좋은 습관을 어려서부터 잘 가지기를 바랄 것이다. 그렇다면 부모인 나부터 먼저 최소습관을 길들이도록 해보자. 전혀 부담스럽지 않고 꾸준히 지속될 수 있다. 그 꾸준함을 보고 아이들도 자연스럽게 습관이 만들어지는 환경 속에서 자라나게 된다. 최소 습관은 내가 살아가는 동안 계속 가꾸어갈 것이다. 나는 오늘도 최소습관으로 공부를 하며 책도 읽고 실천한다. 결과가 빨리 나타나지 않는다고 실망할 필요는 없다.

어떤 요소에도 굴하지 않고 아주 작지만 조용히 지속하다보면 반드시 좋은 습관이 쌓이게 되고, 원하는 인생을 만들어 갈 수 있다고 확신한다.

오늘을 살아가는 엄마는 늘 바쁘다. 엄마가 활용할 수 있는 최고의 습관은 바로 아주 작게 시작하는 최소의 습관이다. 이 습관은 자신을 부담스럽지 않게 꾸준히 변화시킬 뿐 아니라 가족들까지도 변화시키는 힘을 가지고 있다. 시작은 작지만, 끝은 결코 작지 않은 최소습관으로 많은 사람들이 가족과 함께 행복한 인생을 살았으면 좋겠다.

아주 조금 일찍 일어나는 습관

일찍 일어나서 새소리와 함께 청소부 아저씨의 빗질하는 소리를 듣는
기분은 이루 말할 수가 없을 정도다. 아침의 자유 시간을 만들어 즐기기 시작하면
저절로 눈이 번쩍 뜨이게 될 것이다.

〈미라클 모닝〉 이라는 책이 꽤 유행하고 있다. 하루의 시작을 어떻게 보내느냐에 따라 성공이 결정된다는 것이 주요 내용이다. 나 또한 미라클 모닝을 습관화 하고 있지만 기존의 작은 습관이 몸에 배어 있었기에 효과를 볼 수 있었다고 믿는다.

많은 사람들이 자신의 아침시간을 의미있게 보내기를 원하지만 쉽지 않다. 겨우 눈을 뜨고 아침식사는 하지도 못한 채 출근하기 바쁘다. 몸과 마음이 지칠 대로 지친 상태에서 비몽사몽간에 출근길에 오르면 후회가 막심해진다.

'어제 늦게까지 TV 드라마를 보지 말 걸......'

'야식을 참았어야 하는 건데……'

나의 어릴 적 아침은 어땠을까?

"수경아, 일어나 학교가야지."

엄마가 깨우는 소리에 마지못해 눈을 뜨는 전형적인 저녁형 인간이었다. 어릴 적부터 길들여진 나의 수면 습관은 새벽에 잠자리에 들고, 해가 중천에 떴을 때 일어났다. 집 가까이에 학교가 있었기에 누릴 수 있는 특권, 늦잠을 자고 아슬아슬하게 등교하는 것이 습관이 되어 있었다. 감수성이 풍부했던 나는 밤에 음악을 듣고 일기를 쓰거나, 그림을 그리곤 했다. 조용한 밤이 너무 좋았다. 새벽이 되어서야 잠자리에 들었으니 당연히 아침에 일찍 일어나기란 하늘의 별따기였다. 졸린 눈으로 아침밥도 거른 채 서둘러 등교하면 꼭 일찍 와서 책을 펼치고 공부하는 친구들이 있었다. 나로서는 도저히 상상도 할 수 없는 일이었다.

숙제가 많은 날에는 어김없이 날을 샜으며, 결혼 전에는 주로 음악을 듣고 책 읽는 시간으로 혹은 친구와의 술자리로 늦게 귀가하곤 했다. 남들이 다 자는 고요한 시간에 음악을 듣고 상상을 하는 시간이면 몰입도 잘 되고, 동이 틀 때까지 시간을 쓸 수 있으니 얼마나 좋았는지 모른다. 밤을 새고 난 다음날은 거의 무슨 정신으로 일을 했는지 기억도 나지 않는다. 잠을 자기 위해 마신 커피는 중독이 되어 하루 네댓 잔을 입에 달고 살았다. 위도 안 좋은데 밤늦게 야식에 커피까지, 지금 생각해보면 건강을 해친 주된 요인이 아닐까 싶다. 성공한 사람들은 새벽 4시쯤 일어나서 자기만의 시간을 가지고 운동이나 독서를 한다는 얘기를 많이 들었다. 새벽 4시는 나에게 꿈의 기상시간이다. 성공한 사람들을 따라해 보려고 4시에 알람을 맞춰놓아 봤지만 아무 소용이 없었다. 아침 9시에 겨우 눈을 뜨던 사람이 5시간을 당겨 일어난다는 것은 불가능했다. 늦잠이라는 습관에 완전히 길들여져 있었기 때문이다.

임신 중에도 나의 수면 습관은 아주 좋지 않았다. 늦게 일어나 대충 밥을 먹고 다시 낮잠을 잤다. 임신 중의 습관 때문이었는지 딸까지 늦게 자고 늦게 일어났다. 아침마다 늦잠 자는 딸과 전쟁을 치른다. 나와 딸은 아침 새들이 지저귀는 소리는 들어 본 적이 없었다. 어떻게 하면 조금 일찍 일어날 수 있을까 고민했다. 어떻게 하면 좀 더 여유롭게 아침을 맞이할 수 있을까? 나도 아이도 정신없는 아침에서 벗어나고 싶었다.

맨 처음에는 기상시간을 8시로 잡았다. 알람을 6시반, 7시, 7시50분 세 번씩이나 예약했는데 일어나보니 똑같은 9시다. 알람을 언제 껐는지도 모르겠다. 다시 8시 30분으로 시간을 조정했다. 또 언제 껐는지 9시 다 되어서야 일어났다. 다음 날에도, 그 다음 날에도 9시 기상은 변함이 없었다. 습관이란 것이 참 무섭다는 생각이 새삼 들었다.

3초 호흡이 운동으로, 작은 감사가 습관으로 이어지는 것을 경험했으니 아침에 일찍 일어나는 것도 가능하지 않을까 실험해보기로 했다. 약간의 동기가 필요했다. 처음에는 내가 정한 시각까지 알람을 30분 단위로 맞춰 놓는다. 마지막에는 8시 50분으로 맞춘다. 여러 번의 알람 소리에 조금씩 반응하며 꿈틀거리는 그 때 누워서 시계를 1분정도 바라본다. 그야말로 눈만 뜬 상태다. 그 사이에 깨면 좋고, 아니라도 상관없다. 어차피 최소 습관 자체가 변화의 두려움 없이 꾸준히 지속하자는데 있으니까. 거대한 목표를 세우고 (9시에 기상인 사람이 뜬금없이 4시에 일어나길 바라는) 실천도 못할 바엔 조금씩이라도 기상에 대한 이미지를 꾸준히 심어 놓는 게 낫다. 일단 깨어 있으면 더 이상 자고 싶지 않다. 그 때는 기지개를 키며 일어나 화장실로 직행, 양치를 바로 한다. 다시 자고 싶으면 자면 된다. 어차피 처음 목표는 눈을 뜨는 것, 기상이라는 이미지를 잠재 의식 속에 넣어 두는 것이기 때문이다. 그리고 나면 물 한 컵을 마시고 스트레칭을 한다. 너무나 쉽지 않는가?

참고로 내가 눈을 뜨면 가장 먼저 하는 일은 인터넷 카페의 좋은 글을 찾아 읽는 것이다. 그러면 잠이 확 깬다. 어떤 사람은 벌떡 일어나면 된다고 하는데 사람마다 방법은 달리 해도 상관없다. 책을 읽어도 좋고, 음악을 들어도 좋다. 참고로 조금 더 일찍 일어나기 위한 나의 습관은 이렇다.

1. a) 평소보다 1분만 일찍 일어나도록 알람을 설정한다.

    잘되면 그 다음은 2분, 3분 더 일찍 조정한다.(a가 잘 되면 b로)

   b) 십 분 이상이라도 원하는 시간을 당기고 싶다면, 30분전, 5분전, 3분전, 1분전 등 알람을 분 단위로 설정해 둔다.

2. 알람이 울리면 눈을 뜨고 시계나 핸드폰의 알람을 약 1분간 바라본다.

    눈을 뜨자마자 스마트폰으로 동기부여 혹은 명언 등의 글을 읽을 때도 있다..

3, 습관이 잘 되면 눈을 뜬 상태에서 일어나 양치부터 하고 물을 마신다.

    그리고 하루를 시작한다.

요즘은 항상 5시 30분에서 6시 30분 사이에 일어난다. 예전에는 상상도 할 수 없었던 새벽시간에 눈을 뜨는 것이다. 혼자만의 시간에 책을 읽을 수도 있고, 운동도 간단하게 할 수 있다. 무엇보다 좋은 것은 확실히 건강해지고 있다는 사실이다. 일찍 일어나서 새소리와 함께 청소부 아저씨의 빗질하는 소리를 듣는 기분은 이루 말할 수가 없을 정도다. 아침의 자유 시간을 만들어 즐기기 시작하면 저절로 눈이 번쩍 뜨이게 될 것이다. 아침 시간을 어떻게 활용할 것인가 하는 선택도 심리적 영향을 주기 때문에 되도록 스스로에게 의미 있는 계획을 세우는 것도 필요하다. 가족을 위해 반찬 하나를 더 만들 수도 있고, 커피 한 잔을 마시는 여유를 즐길 수도 있으며, 책을 읽을 수도 있다. 여유로운 엄마의 아침이 아이에게 좋은 영향을 미치는 것은 두말 할 나위가 없다.

'예전처럼 아예 변하지 않는 것보다 느리더라도 변하는 것이 낫지 않겠는가?'

〈아주 작은 반복의 힘〉이란 책에 나오는 일화가 아주 흥미롭다.

영국에서 자란 여성이 13세부터 44세가 될 때 까지 자신이 마시는 차에 설탕 네 스푼을 넣었다고 한다. 그것이 몸에 안 좋다는 것을 알고 세 스푼까지는 줄였는데, 도저히 마지막 한 스푼은 어찌할 수가 없었다고 한다. 자신의 의지가 설탕 한 숟갈의 유혹을 이기지 못할 만큼 약하다는 것을 알고 선택한 전략이 바로 최소 습관이다. 마지막 설탕 한 스푼에서 알갱이를 하나 덜어 내는 것이다. 매일 그렇게 설탕 알갱이 한두 알을 줄여 나갔더니 결국 그녀는 설탕 없이도 차를 마실 수 있었다고 한다. 설탕 한 스푼을 비우기까지 1년이 걸렸다. 만약 1스푼을 오늘 당장 끊어야겠다 라고 결심했다면 그녀는 1년 지난 뒤에도 설탕을 끊지 못했을 지도 모른다. 아주 작은 행동이라도 꾸준히 계속하면 습관이 되고, 큰 성과를 낼 수 있다는 좋은 예가 되겠다.

포기하지만 않으면 언제든 우리는 자신이 원하는 습관을 최소의 노력으로 두려움 없이 길들일 수 있다. 어떻게 하면 딸과 내가 일찍 일어나는 습관을 들일 수 있을까 라는 고민은 최소의 기상습관으로 해결할 수 있었다. 그렇게 오랜 시간 동안 9시에 일어나던 습관을 6시 기상으로 바꿔 놓았다. 너무 거창하게 시작하지 말고, 익숙했던 그 자리에서 아주 조금씩만 변화를 준다면 무슨 일이든 충분히 가능할 것이라고 확신한다.

매일 알갱이 하나씩을 줄이면서 결국 설탕을 끊은 여자처럼 우리의 좋지 않은 버릇들도 반드시 없앨 수 있다. 아주 작은 습관이면 충분하다.

05

절대 미룰 수 없는 작은 습관

미루지 않고 즉시 실행하게 만드는 습관은 바로 목표를 작게,
부담 없이 매일 반복할 수 있도록 하는데 있다. 습관을 길들이고 싶은 것이 있다면
큰 목표의 습관보다는 아주 작게 시작하는 것이 좋다.

많은 사람들이 다이어트를 결심할 때 꼭 하는 말이 있다.

'오늘만 먹고 내일부터 할 거야.'

결심과 동시에 내일로 미룬다. 학창 시절 가장 많이 미뤘던 습관이
공부였다. 공부 잘 하는 친구들은 꾸준히 자신의 계획대로 공부를 해
나간다. 나의 공부 계획은 언제나 거창했다. 지금 나가는 진도에 미리
예습할 범위까지 계획에 포함시킨다. 대단히 만족해하며 계획표를 작
성하고는 만화책을 봤다. '조금만 보고 공부해야지'라며 내일로 미룬
다. 그러다 며칠이 지나면 지키지 못한 계획에 자괴감을 드러내며 포
기한다. 그리고는 다시 결심한다. 이번에는 꼭 지키리라고.

결심을 하면서도 미루는 습관은 왜 나타날까? 결심할 때의 감정들이 뿌듯하고 안심이 되기 때문이다. 미루는 습관은 현실적인 목표여야 마땅하다. 거창한 목표가 당장 이루어질 거라는 바람은 우리에게 좌절을 안겨줄 뿐이다.

미루지 않는 것, 실행하게 만드는 습관의 방법은 무엇일까? 그것은 바로 목표를 작게 세워서 부담 없이 매일 반복 실천하는데 있다. 그것도 아주 우습게 보일 정도로 작은 목표를 세우는 것이다. 습관을 길들이고 싶은 것이 있다면 아주 큰 목표보다는 작은 목표, 그것도 우리의 뇌가 변화를 인식하지 못할 만큼의 수준으로 시작하면 된다. 작은 습관은 적용이 쉽고 행동을 긍정적으로 만들어 준다는 데 장점이 있다. 즉, 너무 작고 쉽기 때문에 즉각 실천할 수 있고 그것이 습관으로 굳어진다는 말이다.

엄마가 된 후부터 딸 아이에게 그림책과 동화책을 읽어 주면서 이런 생각을 하게 됐다.

'내가 직접 그림책을 만들어 읽어주면 어떨까?'

그 때부터 그림책에 관심을 가지게 되었다. 하루에 한 가지씩 짧은 내용의 이야기를 쓰기로 결심했다. 글을 지어야겠는데, 펜을 들어 적으려니 아무것도 생각이 나지 않았다. 결국 며칠 지나지 않아 포기하고 말았다. 매일 글을 쓰겠다는 목표는 결국 이루지 못했다.

자신을 위해 쓸 수 있는 엄마들의 시간은 많지 않기 때문에 틈새 시간을 찾아야 한다. 설령 시간이 확보되어도 오랜만에 친구에게 온 전화를 받으며 수다를 떨다가 시간이 지나가 버리면 또 나중으로 미루기 십상이다. 이런 일이 몇 번 반복되다 보면 결국 모든 목표와 계획은 포기하게 된다. 그래서 나는 전략을 바꿔 하루 두 줄씩 아무 내용이라도 쓰기로 했다. 가끔은 제목만 쓰기도 하면서 매일 두세 줄씩 글쓰기를 이어 나갔다. 전혀 부담이 없었다. 말도 안 되는 글이지만 작품 하나가 완성되기도 했고, 동시 몇 개를 공모전에 제출하기도 했었다. 만약 내가 거창한 계획을 세우고 그 계획으로 인해 부담스러운 느낌이 들었다면, 결코 동시와 동화를 쓰지 못했을 것이다. 끈기가 없고 결심만 반복하는 나에게 최소 습관은 눈에 보이는 성과를 만날 수 있도록 많은 도움을 주었다.

최소습관은 부담이 없기 때문에 미루고 싶은 생각이 들지 않는다. 내가 만약 처음부터 매일 30분이상 운동을 하겠다고 목표를 잡았다면 분명 하루도 못가서 포기했을 것이다. 호흡 3초, 팔 굽혀 펴기 한 개라는 작은 목표를 세웠기 때문에 매일 빠짐없이 운동을 이어나가는 습관이 생길 수 있었다.

요가 선생님이 나를 처음 봤을 때 근력이 하나도 없고 허리 힘도 없

다고 말씀하셨다. 최소습관으로 집에서 부담 없이 매일 호흡과 팔굽혀
펴기를 꾸준히 실천했더니 어느 순간 허리의 힘이 생기기 시작했다.
믿기지 않겠지만 지금은 가끔씩 30개도 한다. 나의 노트에는 성취일
지가 적혀 있다. 이 최소의 행동은 성취감도 높기 때문에 다른 습관을
가질 수 있다는 자신감도 든다. 또한 하나의 작은 행동은 꼭 하나만으
로 끝나지 않고 두 개, 세 개로 이어진다.

성공한 사람들의 공통점은 실천력이다. 이 실천이 습관으로 굳어지
는 것이 쉽지 않다.

나이키 광고 'Just do it, 지금 당장 실천하라' 는 문구가 유행했었
다. 말 그대로 미루지 말라는 것이다. 아무리 뛰어난 아이디어를 가지
고 있어도 미루지 않고 실행을 해야 현실로 이루어진다. 앤서니 라빈
스도 이와 같이 말했다.

'승자와 패자를 구분하는 단 한 가지는, 승자는 실행하는 사람이라
는 것이다'

이처럼 미루지 않고 실천하게 만드는 습관이 최소 습관이다. 지금
당장 실행할 수 있게 하는 최소 습관은 너무 작아 미루고 싶지도 않고,
지속적으로 반복하게 만드는 힘도 있다. 만약 그것마저 너무 부담감이
든다면 더 작게 만들어 습관을 만들면 된다. 습관이 되었다는 생각이

들 때부터 조금씩 늘려가면 그 뿐이다.

　듀크 대학교에서 실시한 연구에 의하면 우리의 행동 중 약 45퍼센트가 습관으로부터 나온다고 한다. 습관이라는 것은 자주 반복되는 행동이고 이런 반복들이 쌓일 때 큰 도움 혹은 큰 해를 끼친다. 우리가 원하는 목표가 있다면 그것을 향해 최대한 많이, 그리고 최대한 자주 움직이면 된다. 그러기 위해서는 최초의 움직임이 아주 작고 쉬워야 한다. 거부감이 없어야 즐겁게 미루지 않고 계속 할 수 있다. 시작은 작게 하지만 그 끝의 힘은 어마어마한 것이 바로 최소 습관이다. 의지력이 약하거나 끝까지 지속할 수 없는 나 같은 사람이라면 반드시 최소습관을 실천해 보라고 권하고 싶다.

　아이들에게도 최소 행동의 반복은 전혀 부담이 없기 때문에 습관으로 길들이기에 아주 좋다. 밥을 먹기 싫어하는 딸을 위해 처음에는 두 숟갈로 시작했다. 지금도 조금은 편식을 하는 편이지만, 아예 먹지 않았던 때를 생각하면 밥 한 그릇을 뚝딱 먹을 수 있게 된 것은 모두 최소습관 덕분이라고 할 수 있겠다.

　피아노 연습을 할 때도 마찬가지다. 처음부터 무리하게 많은 양을 연습시키는 것보다 하루에 두 번씩이라도 꾸준히 시키는 게 훨씬 효율적이다. 또 방학 숙제나 공부할 과제가 있다면 몰아서 하지 말고 하루에 한 장, 아니 반 장, 그것도 부담스럽다면 한두 문제라도 풀게 해서 습관을 들이도록 하는 것이 중요하겠다.

미루지 않고 즉시 실행하게 만드는 습관은 바로 목표를 작게, 부담 없이 매일 반복할 수 있도록 하는데 있다. 습관을 길들이고 싶은 것이 있다면 큰 목표의 습관보다는 아주 작게 시작하는 것이 좋다. 아주 작은 계획을 세우고 습관을 들였기에 동시와 동화를 쓸 수 있었다. 거부 감이 없어야 즐겁게 미루지 않고 계속 할 수 있다. 의지력이 약하거나 끝까지 지속할 수 없는 사람이라면 최소습관을 길들여보자 . 시작은 미약 하지만 그 끝의 힘은 어마어마할 것이다. 절대 미룰 수 없는 최소습 관을 만들어보자.

06

당장 이룰 수 있는 작은 꿈부터

작은 것에서 시작했지만 그 끝은 결코 작지 않을 것이며, 작은 꿈 조각의 끝은
거대한 꿈의 조각으로 이어질 것이다. 거창한 계획 속에 실천을 제대로 하지 못하고 있다면,
최소의 작은 꿈부터 조각해보자.

초등학교 | 미술 시간. 그림은 기본이고 찰흙 만들기, 고무판화, 석고 조각, 비누 조각 등 여러 가지 활동을 할 수 있는 미술시간을 나는 참 좋아했다. 그 중에서 비누조각은 평면조각과 달리 입체적으로 깎아야 했고 일상에서 쓰이는 친근한 재료로 부담 없이 할 수 있는 활동이었다. 네모난 빨랫비누를 세우고 어떤 것을 조각할까 고민하기 시작한다. 동물을 만들까? 아니면 손 모양? 운동화? 여러 생각을 하는 사이 친구들은 벌써 조각칼로 앞, 뒤, 옆면을 그리기 시작한다. 단순한 과일을 만드는 아이가 있는가 하면 기똥차게 동물을 잘 깎는 아이도 있었다. 자신 있었던 활동이라 더 잘하고 싶은 마음에 친구들이 조각하는 사이에도 더 멋진 작품을 만들고자 궁리를 계속했다. 드디어 결정했다. 귀가 아주 돋보이는 멋진 토끼를 만들 거라고 밑

그림을 그리고 조각칼로 새기기 시작했다. 친구들은 하나씩 형태를 드러내고 있는데 나는 이제야 밑그림을 그리고 있으니 갑자기 조바심이 났다. 자신 있었던 토끼 귀는 생각만큼 잘 새겨지지 않았다. 균형을 맞추기 위해 위에서 깎고 옆에서 깎았다. 조금씩 깎다보니 더 이상 토끼의 귀가 아니었다. 너무 짧게 깎은 탓이다. 어쩔 수 없이 귀가 짧은 동물인 곰으로 변경했다. 친구들은 작업을 마치고 놀고 있는데 나는 마무리도 못하고 이제 와서 다른 동물을 만들자니 더 이상 하기가 싫어졌다. 미술시간이 끝날 때쯤 나의 비누조각은 엉성한 곰으로 변신해 제출되어졌다. '차라리 바로 조각할 수 있는 단순한 사과라도 예쁘게 조각해서 다듬을 걸.'하는 후회가 들었다.

우리는 꿈을 이루기 위해 많은 노력들을 한다. 자신의 원하는 꿈을 위해 멋지고 거창한 계획과 목표들을 세워본다. 보는 것만으로도 뿌듯하다. 기한까지 정해서 내가 이루는 꿈을 이룰 것이라고 노트에 적고, 소소한 전략까지 세운다. 하루, 이틀 시간은 흐르고 여전히 거창한 계획들을 만들어 꿈을 이루는 방법을 찾고 있다. 마치 근사한 비누조각을 만들기 위해 고민하고 머뭇거렸던 것처럼.

꿈을 이루기 위해 우리가 해야 할 일은 지금 당장 행동하는 것이다. 멋진 비누조각을 만들기 위해서는 당장 밑그림이라도 그려야 한다. 쉽게 조각할 수 있는 과일이라도 일단 먼저 조각에 성공하고, 그 뒤에 토끼든 곰이든 어렵고 멋진 작품에 도전해도 얼마든지 된다. 우리는 항상 맨 처음부터 거창한 꿈과 목표가 있어야만 성공하고 행복할 것이라 착각한다. 큰 꿈을 이루기 위해서는 작은 꿈부터 하나씩 차근차근 이뤄내야만 한다. 매일 작은 행동의 성공을 꾸준히 맛보는 것은 더 큰 꿈을 이루기 위한 자신감도 형성에도 도움이 된다.

만약 내가 과일 조각이라도 먹음직스럽게, 멋있게 조각했더라면 그 후에 토끼 조각이 어렵지 않았을지도 모른다. 화가가 꿈인 사람은 오늘 당장 그림을 한 장이라도 그려야 하며, 작가가 꿈인 사람은 지금 당장 A4 한 장이라도 글을 채워야 한다. 빗물이 모여 시냇물이 되고 시냇물이 모여 강물이 되듯이, 작은 성공이 모이면 큰 성공으로 갈 수 있는 밑거름이 될 수 있다.

나는 최소습관을 익힌 뒤로 매일의 짧은 성취 일지와 그 날의 Action을 적는다. 내용도 전혀 거창하지 않다. 아침에 글을 조금 썼다거나 블로그에 포스팅을 작성한 것조차 작은 성공으로 동그라미를 친다. 물을 마시고 책을 읽은 것도 마찬가지다. Action은 무슨 일이든 행동으로 옮긴 것이다. 스마트폰의 사진들을 정리한 것도 Action에 포함시키고, 작고 작은 질문에 대답을 한 것도 Action에 포함시킨다.

예를 들어, 딸의 TV 시청을 줄이기 위해 케리 언니(인기있는 유아들의 캐릭터)를 이용해 책으로 유도하는 방법에 대한 질문을 스스로에

던진 경우를 보자. 나의 대답은 이랬다.

첫째, 케리 언니도 책을 좋아한다며 책보는 시간을 늘린다.
둘째, 케리 언니처럼 방송에 나가고 싶으면 책을 읽고 많은 이야기를 사람들에게 해줄 수 있어야 한다고 얘기 나눈다.
셋째, TV 보는 시간에 케리언니처럼 폰으로 방송하는 동영상을 찍어 본다.

이 세 가지 방법 중에서 딸과 함께 마치 방송을 하는 것처럼 동영상을 찍는 것이 바로 Action에 해당된다. 아주 부담 없는 작은 방법이다. 최소 습관을 익히면 내가 이룰 수 있는 성공이 많기 때문에 자신감도 생긴다.

지인 중에 군대에서 허리를 다쳐 병가 제대를 한 사람이 있다. 그는 병상에 누워있으면서도 오로지 걸을 수 있다는 생각만 했다고 한다. 앉지도 못하는 그는 가족과 함께 수영장으로 가서 수영하는 사람들을 하염없이 바라보며 움직이는 동작들을 연구했다고 한다. 내가 그 분을 만났을 때는 멀쩡히 걸어 다녀서 그런 어려움이 있었다는 사실조차 몰랐다. 자신이 걷고자 하는 꿈을 위해 할 수 있는 쉬운 방법을 찾아서 노력한 것이다. 그 다음 물 속으로 들어가 작은 동작들을 끊임없이 반복하며 성공을 경험했을 것이다. 그의 성공은 작은 시작에서 비롯되었다. 큰 꿈을 이루기 위해 당장 밑그림을 그리기 시작하는 것이야말로 성공하는 습관이 아닐까?

하버드대 테레사 에머빌 교수는 어떤 상황에서 창의적 혁신이 나오는지 실험하기 위해 업종이 다른 7개의 기업의 직원에게 '매일 일기를 써서 그날의 가정 상태와 업무의 진전을 평가해 제출할 것'을 요구했다. 3개월에서 1년 넘게 실험한 결과 창의성이 나오는 환경은 업무에 필요한 지원을 받거나, 사내에서 좋은 경험을 하는 것, 그리고 업무에서 작은 성공을 경험하는 것 등이었는데, 그 중에서도 단연 작은 성공의 경험이 창의성이 나오는 최고의 환경의 요인으로 꼽혔다.

또한, 칼 와익 미시건 대학교수는 이렇게 말했다.
"어떤 문제를 어렵게 인식할수록 인간의 무력감과 불안감은 가중된다. 결국 문제에 압도당해 아무 일도 시도하지 못하게 된다. 목표를 수월하게 하는 가장 좋은 방법은 일을 잘게 쪼개 작게 시작하는 것이다. 이게 바로 성취 확률을 높이는 방법이다."
작은 성공 경험이 얼마나 중요한 가를 알 수 있다.

지금 미국 대통령 당선인 거대 부동산 사업가 도널드 트럼프도 자신의 성공을 이렇게 말했다.

"일단, 작게 시작하는 게 좋다. 최대한 자신의 지역에서 가까운 홈 그라운드에서 시작하라. 누구보다 그 지역을 잘 알고 있을 가능성이 높고, 지역의 큰 이슈나 굵직굵직한 정보를 얻는 게 상대적으로 수월하기 때문이다. 최고의 투자는 누구보다 잘 아는 데서 시작한다."

작게 시작하고 잘 아는 데서 시작해야 성공한다는 말은 우리가 작은 꿈부터 성공해야 하는 이유를 다시 한 번 일깨워준다.

결코 실패할 수 없는 작은 습관을 길들이면 자신감도 덤으로 갖게 된다. 발걸음이 작다 해도 그 발걸음이 이룬 것은 작지 않다는 말이 있듯이, 작은 것에서 시작했지만 그 끝은 결코 작지 않을 것이며, 작은 꿈 조각의 끝은 거대한 꿈의 조각으로 이어질 것이다. 거창한 계획 속에 실천을 제대로 하지 못하고 있다면, 최소의 작은 꿈부터 조각해보자.

나쁜 습관을 끊으려 애쓰지 말고, 좋은 습관을 기르자

나쁜 습관을 없애는 것보다 좋은 습관을 익히는 게 훨씬 좋다.
좋은 습관에 주의를 기울인다면 좋은 습관에만 집중할 수 있다. 따라서 작은 습관의
행동전략으로 조금씩 줄이거나 늘여나가야 한다.

어린 시절 인생이 무슨 의미인지도 모르고 부른 노래가 있다. 이진관의 〈인생은 미완성〉이란 노래다.

"인생은 미완성 쓰다가 마는 편지, 그래도 우리는 곱게 써가야 해,
인생은 미완성 그리다 마는 그림, 그래도 우리는 아름답게 그려야 해,
인생은 미완성 새기다 마는 조각, 그래도 우리는 곱게 새겨야 해.."

선율이 좋기도 했고 계속 반복되는 가사 "인생은~" 이란 말이 중독성이 있었던 것 같다. 지금도 그 가사가 기억나는 게 참 신기하다.

가사의 내용처럼 우리 인생은 완성되지 않은 작품이다. 그 작품을 계속 그리고, 쓰고, 새겨야 한다. 어떤 작품은 이별, 슬픔, 좌절일 수도

있고, 어떤 작품은 희망, 끈기, 사랑이 넘치는 것일 수도 있다. 인생의 주인으로서 나만이 그리고, 쓰고, 새길 수 있는 것이다. 내가 원하는 인생으로 살기 위해선 목표가 필요하다. 생각이 행동으로, 행동이 습관으로, 습관이 인생을 바꾼다는 말이 있듯이 완성되지 않은 인생을 행복한 방향으로 지속시키는 것은 결국 좋은 습관이라고 본다.

　나쁜 습관은 쉽게 익혀지는데 반해, 좋은 습관은 노력과 믿음, 시간이 필요하다. 나의 위장은 아주 작다. 위가 약한 외할아버지를 엄마가 그대로 물려받았고, 나는 또 엄마로부터 고스란히 물려받았다. 작은 위는 빨리 소화시킬 수가 없어서 조금씩 자주 먹어야 했다. 나는 욕심이 많고 먹는 것을 유난히 좋아해서 다 먹지도 못할 분량의 음식들을 시간이 걸려도 끝까지 먹었다. 빠른 시간 내에 먹어야 할 때도 남기지 않고 꾸역꾸역 먹다보니 체하기 일쑤였다. 야행성 생활 탓인지 밤마다 출출함을 달래기 위해 야식을 자주 먹기도 했다. 그 결과 위하수(위가 처지는 증상)가 생겼고, 의사는 운동을 꼭 하고 잠자리에 들기 2시간 전에는 아무 것도 먹지 말 것을 권장해 주었다. 작은 위만 원망스러웠다.

　'다른 사람들은 위가 커서 잘도 소화를 하는데, 나는 먹고 싶은 것도 마음껏 먹지 못하고 도대체 이게 무슨 꼴이람.'

모든 질병이 마찬가지겠지만, 특히 위장이 아프면 무기력증이 생긴다. 아무런 의욕이 없다. 그 상태가 지속되면 결심한다.

'두 번 다시 야식을 먹지 않을 것이며, 과식도 하지 않을 것이다. 운동을 꼭 하리라.'

그런데 사람의 마음이 어찌나 간사한지, 상태가 호전되면 언제 그랬냐는 듯 예전의 습관으로 되돌아간다. 병에 걸린 환자들은 꼭 운동과 식이요법을 해야 한다는 사실만 봐도 얼마나 식습관, 라이프 스타일이 건강을 좌우하는지 잘 알 수 있다.

불평, 불만이 습관인 사람도 있다. H언니는 항상 불평을 쏟아낸다. H언니를 처음 만났을 때만 해도 이렇게까지 심하게 불평하지는 않았는데, 최근에는 만나서 앉기도 전에 불평을 쏟아낸다. 자기 스스로도 이제 이런 얘기 말고 즐거운 얘기를 했으면 한다며 나쁜 습관을 인정하면서도, 정작 입에서는 여전히 불평의 말들을 쏟아내고 있다.

나는 야식, 과식, 운동부족의 나쁜 습관 때문에 위하수라는 증상을 갖게 되었고, H언니는 매사를 불만스럽게 여기는 통에 불평하는 나쁜 습관을 가지게 되었다. 내 인생의 그림을 만족스럽지 못하게 그려버렸다.

아름답고 행복한 인생이 되기 위해 나쁜 습관들을 사라지게 만드는 방법은 없을까? 뇌는 변화를 싫어한다고 했으니 부담스럽지 않게 조금씩 나쁜 습관을 줄이거나, 전혀 반대의 습관을 길들이면 된다.

나는 야식을 즐겨 먹었다. 그렇다면 야식을 조금씩 줄여 먹던지, 아예 일찍 잠자리에 들어 야식 시간을 만들지 않는 것도 방법이 될 수 있겠다. 과식이 문제라면 허기가 질 때까지 참지 말고 조금씩 자주 먹는 습관을 길러도 좋고, 음식을 먹기 전 물 한잔을 마시며 공복감을 줄이는 것도 좋은 방법이겠다. 평소 먹는 양보다 한 숟갈씩 덜 먹는 것도 큰 효과를 볼 수 있을 것이다.

불평과 불만으로 가득한 나쁜 습관을 고칠 수 있는 방법도 많다. 하루에 불평을 얼마나 하는 지 메모를 해 보고, 하나씩 그 숫자를 줄여나가는 방법도 있고, 매사에 감사하고 행복한 일상들에 대해 일기를 쓰는 방법도 있다. 하루에 한 가지씩 긍정의 말을 해보는 것도 좋다. 여섯 살 딸이 유치원에서 배운 말 중 "짜증나"라는 말을 언젠가부터 하기 시작하더니 하루에도 몇 번씩 짜증난다는 말을 반복했다. 그냥 두었다가는 나쁜 습관이 되겠다 싶어 "짜증나"라는 말을 한 번 할 때마다 "사랑해"라는 말을 다섯 번씩 해야 한다고 약속을 정했더니, 지금은 다행히 짜증난다는 말을 전혀 하지 않는다.

나쁜 습관을 없애는 것보다 좋은 습관을 익히는 게 훨씬 좋다. 좋은 습관에 주의를 기울인다면 좋은 습관에만 집중할 수 있다. 과감한 변화로 습관을 길들이는 것은 쉽지 않다. 따라서 작은 습관의 행동전략으로 조금씩 줄이거나 늘여나가야 한다.

너무나 작은 행동이라서 이런 행동을 통해 과연 좋은 습관이 생길까 싶은 의구심이 들지도 모르겠다. 나비의 작은 날개짓이 폭풍우와 같은 큰 변화를 가져온다는 '나비효과' 처럼 우리의 작은 행동이 먼 미래에는 큰 변화와 성장을 가져올 것이다.

미완성된 인생의 주인으로 어떻게 쓰고 조각할지는 자신의 몫이다. 원하는 인생을 살기 위해서는 행복한 방향으로 지속할 수 있는 좋은 습관을 들이도록 해보자. 작은 습관의 조그만 행동전략으로, 나쁜 습관을 없애는데 주력하기보다 좋은 습관을 가지는데 집중해 보자. 노래 가사처럼 우리의 인생이 곱게 쓴 편지가 되도록, 아름답게 그린 그림처럼, 곱게 새긴 조각처럼 되도록.

매일 빠짐없이 실행에 옮겼던
최소의 행동들이 습관이 되고,
최소 습관의 꾸준함이 특별함을 만든다.

———————

Chapter 03

[제 3 장]

작은 습관은 웃으며
시작할 수 있다

긍정의 감정을
모아서
습관으로 만들자!

긍정 노트

01

부담스럽지 않게, 가벼운 마음으로

최소의 습관은 부담 없이 꾸준한 행동으로, 가벼운 마음으로 시작할 수 있다.
목표 설정이 낮기에 언제라도 목표보다 더 많이 할 수 있고 끝까지 지속하는 힘도 생긴다.
꿈을 크게 꾸는 것과, 거창한 목표를 세우는 것을 혼동하지 말자.

미국에서 실시한 한 조사에서 새해 결심이 성공할 확률은 8%에 불과하다는 결과가 나왔다고 한다. 결심을 한 사람들의 25%는 1주일 안에 포기했고, 30%는 2주일 안에 포기했으며, 한 달 안에 절반 가까이가 포기했다고 한다. 작심 30일 안에 절반 정도가 목표를 포기했고, 결국 연말에 가서 결심을 이룬 사람은 10명 중 한 명도 채 되지 않았다고 한다.

새해가 되면 아주 예쁜 다이어리를 사서 정성스럽게 목표를 적었다. 목표를 하나하나 적을 때마다 다 이룬 듯 기분이 좋았다. 거기까지가 전부다. 처음 몇 달간은 잘 지키다가 시간이 지나면서 여러 가지 이유로 포기하고 만다.

20대에 세웠던 영어회화 정복은 마흔이 지난 오늘까지 이루어지지 않고 있다. 그 때 세웠던 계획을 들춰보니 '하루 1시간 영어 공부' 라는 막연한 목표만 적어 놨다. 몇 번 하다가 포기했던 기억이 난다. 학원에 등록해서 회화공부를 하기도 했는데 그것도 중간에 그만뒀다.

재즈 피아노는 어땠나? 처음에는 열심히 배웠다. 그러다가 이런 저런 핑계로 연습을 안 하더니 그것마저도 또 도중에 포기했다. 지금 생각하면 처음 배우기 시작할 무렵에 지나치게 높은 목표와 계획을 세워놓고, 결국 부담이 넘쳐 연습을 포기하지 않았나 싶다.

어떤 목표나 결심이 실패하는 이유는 자기 자신에 대한 과대평가와 과욕 때문이다. 우리는 스스로의 수준을 과대평가하며 그것보다 낮은 수준이나 도전은 부끄러워 인정하지 않는다. 자신의 수준보다 높이 세운 목표에 도전하다 보면 결국 부담감을 이기지 못하고 실패하게 되는 것이다.

과거 수많은 실패했던 나의 목표들을 보면 과욕이 원인이었다는 걸 쉽게 알 수 있다. 빨리 영어회화를 마스터하고 싶어서 억지로 수준을 높여 공부했다. 재즈 피아노도 교습 선생님이랑 실력을 비교해 가며 빨리 잘 치고 싶은 마음이 부담감을 갖게 만들었고, 결국 중도에 포기를 하고 말았다.

좋은 습관을 갖고 싶다고 해서 단기간에 뭔가를 이루려는 것은 욕심이다. 단기간에 습관을 만들기 위해서는 그 강도나 수준을 아주 높여서 실행해야 하는데, 나처럼 의지가 나약하고 끈기 없는 사람에게는 전혀 맞지 않는 전략이었다.

대학시절, 탤런트 김남주의 '포도 다이어트'가 유행했던 적이 있다. 연예인의 예쁜 몸매만 보고 다이어트 습관을 따라 하기로 했다. 일주일만 하면 피부는 물론 몸매까지 날씬해지고 소식을 하게 된다고 하니 그보다 더 좋을 수 없었다. 첫 날부터 밥을 전혀 먹지 않고 포도를 갈아 쥬스로 만들어 그것만 마셨다. 첫 날은 그런대로 견딜만 했다. 다음 날에는 허기가 지더니 목구멍에 이물감도 느껴졌다. 겨우 참으며 일주일을 버텼는데, 정말 피부가 좋아지고 살도 빠졌다. 그 이후부터가 문제였다. 갑자기 음식을 전혀 먹지 않으니 스트레스가 쌓였던 탓인지, 조금씩 소식을 시작하는 시점에서 걷잡을 수 없이 먹게 되었고, 오히려 요요현상으로 몸무게는 두 배가 되어버렸고 피부는 다시 엉망이 되었다. 그 때 확실히 느꼈다. 짧은 시간에 습관을 형성하는 것은 나에게 맞지 않다는 사실을 말이다. 아마 대부분의 사람들이 짧은 시간에 길들여진 습관은 예전으로 되돌아가기 쉽다는 점을 잘 알 것이다.

지금의 나는 그런 조급한 방법을 전혀 사용하지 않는다. 분명 실패할 것이 뻔하니까 말이다. 우리의 뇌는 새로운 도전이 일어날 때 어느 정도의 두려움이 발생하도록 프로그램이 되어 있다. 큰 목표로 인해 두려움을 가지면 대뇌피질(새로운 신경망을 형성해 새로운 습관으로 자리 잡게 도와주는 대뇌)의 기능 저하로 실패하게 된다고 한다. 그러므로 두려움 없이 습관을 만들려면 서서히 습관을 들이는 게 낫다.

나는 지독히도 물을 마시지 않았다. 물이 몸에 좋다는 것은 알고 있었고, 물 마시는 습관도 들이고 싶었지만, 갑작스럽게 하루 1.5에서 2리터씩 물을 마셔야 한다는 사실에는 거부감이 들 수밖에 없었다.

뇌가 부담을 느끼지 않도록 아주 작게 시작했다. 하루 두 잔의 물을 마시기로 목표를 잡고 아침에 일어나 한 컵, 나머지는 생각날 때 마시기로 했다. 작은 습관은 거부감이 없을 뿐더러 항상 두 잔보다 더 많이 마실 수 있었다. 만약 1.5에서 2리터를 마시겠다고 결심을 했다면 물에 대한 거부감만 들었을 텐데 다행히 작은 습관이 실천하기가 훨씬 쉬웠다.

지금은 너무나 자연스럽게 물을 마시는 내 모습이 신기할 따름이다. 벌써 약 1년째 꾸준하게 이어오는 습관이 되었다. 최소 습관의 최대 장점은 부담 없이 습관이 된다는데 있으며, 목표 수준이 낮기 때문에 목표보다 더 많이 실천할 때가 많다는 점이다. 더불어 끝까지 포기하지 않고 지속하는 힘도 생기게 된다.

운동도 마찬가지다. 호흡으로 시작되어 요가로 이어진 운동은 전혀 부담 없는 2분의 목표 설정이었기에 지금까지 꾸준히 이어지고 있다. 예전 같으면 최소 몇 십 분 동안은 해야 한다는 부담도 컸고, 꾸준히 하기도 힘들었을텐데, 요즘은 틈만 나면 자연스럽게 동작 몇 개로 이어진다.

과감한 변화는 오히려 뇌의 편도체에 경보를 울려 두려움에 반응하게 한다. 결국 스트레스를 주어 목표에 도달하지 못하게 만들 뿐이다. 그러므로 작은 행동은 나처럼 의지력이 부족한 사람들도 쉽게 할 수 있는 부담스럽지 않는 방법이다.

시작만 거창하고 금방 포기하고 마는 사람들이 많다. 부담스럽지 않게, 가벼운 마음으로 시작할 수 있는 작은 습관을 이어나가면 얼마든지 목표를 이룰 수가 있다.

어떤 목표나 결심이 실패하는 이유는 우리 스스로의 수준을 과대평가하며 그것보다 낮은 수준이나 능력은 부끄러워 인정하지 않는 데에 있다. 나의 수준보다 높여 실행하다 부담감을 이기지 못하고 실패하게 되는 것이다. 우리의 뇌는 새로운 도전이 일어날 때 어느 정도의 두려움이 발생하도록 프로그램이 되어 있어 결국 실패에 이르게 된다고 한다. 그러므로 두려움 없이 습관을 만들려면 서서히 뇌가 알지 못하게 습관을 들이는 게 낫다.

이것이 바로 작은 습관, 최소 습관이다. 이 최소의 습관이야말로 부담 없이 꾸준한 행동으로, 가벼운 마음으로 시작할 수 있다. 목표 설정이 낮기에 언제라도 목표보다 더 많이 할 수 있고 끝까지 지속하는 힘도 생긴다. 꿈을 크게 꾸는 것과, 거창한 목표를 세우는 것을 혼동하지 말자. 작은 목표를 자주 여러 번 이루면 된다. 그렇게 하면 큰 꿈을 이룰 가능성도 높아진다. 부담스럽지 않고, 가벼운 마음으로 시작할 수 있는 작은 습관을 만들어 보자

1g의 행동으로 시작하기

생각이 많은 사람에게 작은 실행을 통한 최소습관만큼 더 좋은 방법은 없다.
1g의 행동. 작고 작은 것부터 시작하자. 예상치 못했던 기쁨과
새로운 결과를 바라보며 놀라게 될 것이다.

가끔씩 주말에 결혼식 피아노 반주를 간다. 바이올린, 첼로를
연주하는 사람들과 팀을 이루어 중주를 하는데, 나보다
나이가 어린 그들과 이야기를 나누다보면 미래에 대한 고민을 털어놓
을 때가 있다. 돈도 많이 벌고 싶은데 나이만 먹어서 걱정이다, 유치원
으로 들어가서 음악선생님을 해 볼까, 이거 할까? 저거 할까? 등등 나
에게 고민을 말하기도 한다. 나 역시 그 나이에 고민해 봤던 내용들이
라 진지하게 조언을 해주는데 반응들이 시원찮다. 오전에 시간이 없
고, 운전을 못해서 안 되고, 귀찮아서 못하고 등등 변명이 끝이 없다.
돈이 없다면서도 비싼 커피는 즐겨 마신다. 절실하긴 한 걸까? 의문이
든다.

생각만 지나치게 많은 사람들도 있다. 어떤 문제에 너무 깊이 파고들어 잠까지 설친다. 노후에 대한 두려움으로 부동산 투자를 결심했다는 사람에게 얼마 후 다시 물어보면 여전히 "투자를 해야 하는데" 라며 고민중이다. 몸이 안 좋아 운동을 해야겠다는 사람은 몇 년 째 같은 얘기를 반복하고 있다. 물론 아직도 운동을 시작하지 못하고 있다.

모두가 나의 과거의 모습과 똑같다. 운동을 해야겠다고 마음 먹으면 2~3일 하다가 포기한다. 나의 고민에 누군가가 조언을 해주면 핑계거리부터 찾았다. 그리고 문제가 생기면 나도 계속 그 문제에 빠져 오랫동안 고민만 계속했던 기억도 난다.

큰 꿈을 가지고 있고, 그 꿈을 이루기 위해 거창한 목표를 잡는다. 그러나 시간이 지날수록 처음 가졌던 큰 꿈은 점점 작아지고 결국에는 포기하고 만다. 즉시 행동으로 옮기지 않았기 때문이다. 설령 실행에 옮겼다 하더라도 습관이 될 때까지 꾸준히 계속하기란 말처럼 쉽지 않다. 결심만 하고 행동으로 옮기지 않으면 꿈은 점차 희미해진다.

꿈을 이루는데 필요한 행동을 반복적으로 미루다 보면 이 또한 습관이 된다. 30대에 뒤늦게 대학원에 진학하면서 서울 언니 집으로 올라가서 생활한 적이 있다. 객지에서 돈을 벌며 공부하는 일은 쉽지 않았다. 게다가 피아노 연습을 해야 하는데 언니 집에는 피아노가 없었다. 그 때는 고민할 겨를도 없었다. 졸업하는 날까지 대학교 연습실과 같은 과 언니의 학원에서 밤늦게까지 치열하게 연습했다. 덕분에 매 학기마다 장학금을 받을 수 있었다. 내 인생에서 가장 실행력이 뛰어났던 시기다. 절박하면 즉각 행동하게 된다.

그렇다면 평범한 일상생활에서는 어떻게 해야 생각을 즉시 행동으로 옮기는 것이 가능할까? 실행도 습관이 필요하다. 생각이 복잡해지기 전에 행동해야 한다.

부동산 투자로 돈을 벌겠다는 마음을 먹었으면 관련 책으로 깊이 있게 공부를 한다든지, 부동산 전문가를 찾아가 조언을 구할 수도 있다.

생각이 지나치게 많은 사람들은 즉시 행동으로 옮기는 습관을 들이는 것이 쉽지 않다. 이런 사람들도 역시 부담 없는 작은 실행을 규칙적으로 반복하는 것이 습관을 바꿀 수 있는 최선의 방법이다.

단지 1g 정도의 행동이면 충분하다. 하루에 한 가지, 아주 작은 미션을 정해서 달성하는 것도 좋은 방법이 될 수 있다. 어떤 미션이든 상관없다. 오직 행동으로 옮길 수만 있으면 된다. 가령, 연락이 끊어졌던 친구에게 안부 문자 남기기, 먼저 인사하기 등 별 것 아닌 것으로 여겨지는 이런 행동들을 미션으로 정해서 매일 실천하다보면 생각을 행동으로 옮기는 습관을 들이기가 아주 쉬워진다.

부자가 되고 싶은데 매번 적자에 허덕이는 사람이라면 하루에 얼마씩이라도 저축하는 미션을 정해 실천하고, 집 안에서만 생활하는 탓에 건강에 문제가 생긴 사람이라면 하루에 한 번 동네 마트에 나가는 미션을 정해서 행동에 옮겨보는 것도 좋을 것 같다. 책을 많이 읽어도 삶에 변화를 느끼지 못하는 사람이라면 책의 내용 중 한 가지씩 매일 행동으로 옮겨보겠다는 계획도 의미가 있을 것 같다.

생각만으로는 집을 지을 수가 없다. 단 5분이라도 뭔가 실천에 옮기는 힘이 필요하다. 작게 시작하는 행동은 부담이 없고, 규칙적으로 할 수도 있다.

운동하는 것이 정 힘들면 운동복이라도 갈아입어야 한다. 가벼운 스트레칭이라도 하면 된다. 생각이 떠오르면 즉각 반응해서 작은 행동이라도 실천하는 것이 중요하다. 자꾸 움직이고 행동하다보면 그 작은 행동들이 습관이 될 것이다. 습관이 형성되면, 자신감도 생긴다.

어릴 적부터 괜찮은 아이디어가 많았다. 그러나 세상 밖으로 나온 아이디어는 하나도 없다. 실행을 하지 않았기 때문이다. 지금은 어떤 일이든 미루지 않고 바로 한다.

얼마 전 유치원 음악연주 기획을 한 적이 있다. 아이디어가 떠오르기가 무섭게 바로 실행에 옮겼다. 재미있는 연주회를 기획하게 되었고, 원감 선생님은 크게 만족을 했다. 예전처럼 생각만 하고 미루기만 했다면 만족스러운 기획이 탄생되지 못했을 터다.

생각이 지나치게 많으면 결정하기도 힘들고 행동력도 힘을 잃는다. 자신이 원하는 목표가 있다면 작게라도 시작해보자. 할까 말까 고민만 하다가는 시간만 흐를 뿐이다. 일단 행동하면 길이 열린다. 머릿속으로 고민만 하거나 계획만 잔뜩 세우지 말고 즉시 행동으로 옮겨보도록 하자. 실행에 옮기기가 부담스럽다면 아주 쉽고 작은 행동으로 줄이고 또 줄이자. 생각이 많은 사람에게 작은 실행을 통한 최소습관만큼 더 좋은 방법은 없다.

1g의 행동. 작고 작은 것부터 시작하자. 예상치 못했던 기쁨과 새로운 결과를 바라보며 놀라게 될 것이다.

03

너무 작아서 너무 쉽다

규칙적인 반복을 통해 원하는 습관을 가질 수 있다.
작은 행동 하나가 습관으로 굳어지면 시간의 흐름에 따라 더 강하게, 더 높이 쌓일 수 있다.
한 걸음 한 걸음씩 계단을 올라가듯 부담 없이 첫 시작을 해보자.

80년대 말부터 90년대까지 전 세계 청소년의 마음을 흔들었던 유명한 미국 아이돌그룹 뉴키즈 온 더 블록(New Kids On The Block)은 5명의 소년멤버로 구성되어 있었다. 연예계 방면으로는 거의 관심이 없었던 나 조차도 스텝 바이 스텝(step by step)이라는 노래를 흥얼거렸을 정도니 그 인기가 실로 대단했던 것 같다. 영어 가사의 의미도 모른 채 친구들과 같이 흥얼거렸던 기억이 난다.

가사를 해석해 보면, 한 걸음 한 걸음씩 마음에 드는 여자에게 다가갈 거라는 내용인데, 이 '한 걸음 한 걸음씩' 이라는 말은 우리 삶의 모든 부분에 잘 어울리는 말인 듯 하다. 공부를 할 때도, 뭔가를 배울 때도, 누군가를 처음 만날 때에도, 새로운 도전을 시작할 때도 결국 우리는 한 걸음씩 나아가게 되는 것 아닐까.

　내가 문화센터 강사로 일하던 시기에 아기랑 엄마와 함께 하는 음악 수업을 가르친 적이 있는데, 그 때도 '스텝 바이 스텝' 전략이 사용되었다. 엄마와 애착관계가 형성되는 시기에 아기들이 불안해하지 않도록 엄마는 아기와 마주 보고 앉는다. 음악을 듣고 노래를 부르면서 아기가 앉아 있는 곳에서 아주 짧은 거리를 두고 엄마가 앉는다. 그 때 아기가 불안해서 엄마를 따라오면 거기에서 멈추고, 아기가 가만히 앉아 생긋 웃으면 다시 조금 더 뒤로 가서 앉는다. 점점 거리를 두면서 엄마와의 애착 관계를 배우는 방법이다. 아기가 부담스럽지 않게 서서히 엄마와의 분리를 시도하는 것이다. 그러다보면 엄마한테만 매달리는 아이들의 습관도 변화되고 나아가 타인과의 관계도 발달하게 된다.

　아기들과 마찬가지로 우리의 습관 또한 조금씩 서서히 변화시키면 나쁜 습관을 없애고 좋은 습관을 길들이기에 충분하지 않을까 싶다. 엄마와 아기 사이의 거리. 아기가 편안해 하는 최초의 거리. 대부분의 사람들에게도 아기와 엄마와의 거리만큼 '편안함'을 느끼는 마음의 공간이 존재한다. 그 공간 내에서 아무런 변화가 없을 때 더없이 편안하고 익숙함을 느낀다. 그러나 새로운 뭔가를 시도하거나, 변화가 일어나게 되면 편안하고 익숙한 느낌은 곧 부담스럽고 두려운 저항으로 바뀌게 된다. 이루고자 하는 목표가 생겼을 때, 저항을 최소화하고 성공적으로 변화하기 위해서는 아주 조금씩 아기와의 거리를 넓혀 나가는 방법이 필요하다. 엄마가 한 번에 훌쩍 멀어지면 아기가 금세 불안해서 울음을 터트리듯, 너무 급작스러운 변화는 내면의 저항만을 크게 만들어 도전도 하지 못한 채 포기하게 될 수도 있다. 이 저항이 바로 스트레스가 되는 것이다.

새로운 습관을 만들 때에는 아주 조금씩 시도하는 것이 좋다. 한 걸음만 나아가면 된다. 작고 작은 습관 만들기는 이 점에서 탁월한 효과를 주는 전략임에 틀림없다. 목표 자체를 아주 작게 정했기 때문에 행동하는 것조차 전혀 부담스럽지 않게 느껴진다. 편안한 공간 안에 있기 때문에 변화의 두려움을 느끼지도 않는다. 서서히 한 걸음씩 나가본다. 편안하게 느끼는 공간을 지나 서서히 한 걸음 한 걸음 나가는 것이다. 뇌가 편안함에 익숙해지면 조금씩 목표로 갈 수 있다. 조금이라도 불편함이 느껴진다면 다시 편안한 자리로 돌아와 반복하고 새롭게 시작하면 된다.

나는 하루에 4~5잔씩 마실 정도로 커피를 좋아했다. 커피는 이뇨작용이 있어서 한 잔을 마셨을 때, 두 잔의 물을 함께 마셔야 한다고 들었다. 물도 마시지 않으면서 커피만 많이 마시니 피부가 푸석푸석할 수밖에 없었다. 물보다 커피나 주스를 주로 마셨으니 피부에 수분이 부족했고, 점점 노화가 심해지는 것은 당연한 결과였다. 하루에 물을 1.5~2리터씩 마셔야 한다는 생각은 상상만으로도 끔찍했고, 커피를 끊는다는 것은 마치 내 삶의 행복 하나를 끊는 것처럼 느껴졌다.

최후의 방법으로 시도한 것이 바로 '스텝 바이 스텝' 전략이었다.

'커피는 절대 하루 두 잔 이상 마시지 말자'

너무나 좋아했던 커피는 허약하고 잦은 두통에 시달렸던 나에게는 치명적이었다. 단번에 끊을 수가 없어서 처음에는 한 잔만 줄이기로 했다. 하루 네 잔에 익숙해지고 나면, 또 다시 한 잔을 줄였다. 하루 세 잔에 익숙해졌을 때부터는, 한 모금씩 줄이기로 했다. 이렇게 아주 작은 목표와 실천을 통해 지금은 물도 잘 마시게 되었고, 커피도 하루 두 잔 이상 마시지 않게 되었다. 어떤 날은 며칠씩 커피를 마시지 않았다는 사실에 놀라기도 한다. 그 대신 몸에 좋은 생강차를 매일 한 잔씩 마시는 습관도 자연스레 생기게 되었다. 건강은 물론 피부까지도 아주 좋아졌다.

'스텝 바이 스텝' 전략의 가장 큰 장점은 언제나 내가 정했던 최소한의 목표를 초과 달성할 수 있다는 사실이었다. 그것도 아무런 저항이나 스트레스 없이!

나처럼 의지력이 약한 사람도 매번 목표를 초과 달성할 수 있었던 이유는 그저 작게 시작한 행동이 전부였다.

뉴턴의 제1 법칙에서도 작은 시작 하나가 훨씬 더 큰 영향을 미친다고 증명하고 있다.

1.멈춰 있는 물체는 외부의 힘이 가해지지 않는 한 계속해서 멈춰있다.
2.움직이는 물체는 외부의 힘이 가해지지 않는 한 같은 속도로 계속해서 움직인다.

시작만 하면, 움직이기만 하면 끊임없이 나아갈 수 있다. 습관을 정의하기에 최적의 표현인 듯 하다. 바라는 목표가 이루기 위해서는 최대한 많이, 자주 행동하면 된다. 최소 습관이야말로 새로운 도전을 시작하기에 가장 현명한 방법이라 확신한다.

나는 한 번에 한 가지를 깊이 있게 파고드는 스타일이 아니다. 목표를 세우면 또 다른 목표가 눈에 보이고, 한 가지 목표에 집중하다 보면 지겹고 피로해서 중도에 포기하게 된다. 작은 습관의 또다른 장점 중 하나는 언제나 새로운 목표를 병행할 수 있다는 사실이다. 강하고 자극적인 방법으로 한 순간에 변화를 일으키는 사람들도 없지는 않겠지만, 나의 경우에는 부드럽고 작은 습관이 안성맞춤인 듯 했다. 부담감은 모든 행동에 걸림돌이 되는 심리다. 작은 목표, 작은 실천, 작은 습관만이 최선이다.

습관이란 무의식적으로 할 수 있는 행동들의 조합이다. 처음부터 서른 번씩 팔굽혀펴기를 하기엔 버겁다. 하루 이틀 정도야 어떻게든 하겠지만 지속적으로 해 나가기 위해서는 아주 강력한 동기부여나 의지력이 필요하다. 하루 한 번 팔굽혀펴기. 아마 대부분의 사람들이 '그게 뭐야' 라며 우습게 여길 지도 모르겠다. 그러나 나는 이렇게 시작했다. 하루에 팔굽혀펴기를 하나씩 시작했다. 말 그대로 우스웠다. 지금은 어떨까? 서른 개도 거뜬히 한다. 나조차도 상상하지 못했던 결과다. 작은 시작은 참 별 것 아닌 것처럼 여겨진다. 어느 세월에 목표를 달성할 수 있겠냐는 막막함도 든다. 시간이 지나고 나서야 깨달을 수 있었다. 아무리 보잘 것 없는 작은 시작이라도 그것이 시간과 꾸준함이라는 단어와 조합이 되면 반드시 성과를 낼 수 있다는 사실을 말이다.

한 가지 덧붙이자면, 이렇게 작은 행동들이 모여 여러 개의 습관이 되면 그 성취감과 자신감은 말로 표현하기 힘들 정도다. 무슨 일이든 해낼 수 있다는 스스로에 대한 무한한 가능성을 눈으로 볼 수 있을 때, 얼마나 살 맛이 나는지 여러분도 경험해 봤으면 좋겠다.

습관을 부담스럽지 않게 서서히, 점진적으로 길들여보자. 규칙적인 반복을 통해 원하는 습관을 가질 수 있다. 작은 행동 하나가 습관으로 굳어지면 시간의 흐름에 따라 더 강하게, 더 높이 쌓일 수 있다. 한 걸음 한 걸음씩 계단을 올라가듯 부담 없이 첫 시작을 해보자.

Step By Step!

3초 호흡으로 운동을 시작했다.

아무리 작고 보잘 것 없어 보이는 행동도 꾸준히 습관이 되면
그 결과는 엄청나다. 최소의 3초 운동은 육아와 집안 일에 바쁜 엄마들에게
대단히 유용한 방법이다.

운동과 │ 다이어트. 많은 사람들이 새해를 맞아 굳은 각오로 목
표를 세운다.

'올 해는 꼭 5kg 감량에 성공해서 미니 스커트에 도전 해 볼거야,'
'헬스클럽에 다니면서 열심히 몸을 만들어야지.'

새로 구입한 다이어리에 목표를 예쁘게 적고 스티커까지 붙이며 정
성을 기울인다. 그리고는 시간이 지나면서 온갖 이유와 핑계로 잊어
버리거나 포기하게 된다. 나도 과거에는 운동이란 걸 제대로 해 본 적
이 없었다. 매번 운동해야지 라고 머릿속으로 생각만 하며 실천에 옮
기지 못했다. 운동을 하려면 기본적으로 매일 30분에서 1시간 정도는

꾸준히 해야 한다고 생각했는데, 워낙 몸을 움직이는 것 자체를 싫어하다보니 생각만으로도 부담스러웠다. 절박함이 있으면 어떻게든 할 수 있겠지 싶었는데, 그 절박함이란 것도 사실 감정의 한 부분이라 하기 싫고 귀찮다는 저항을 이겨내지는 못했다.

가끔씩 TV에 연예인이 나와 요가나 체조를 하면 함께 따라해 봤던 것이 내가 한 운동의 전부가 아니었을까 싶다. 타고난 허약체질인 나에게 주변 사람들은 하나같이 운동 좀 하라는 잔소리를 했었다. 그 때마다 '그래, 운동해야지' 마음 속으로 수 십번 다짐했지만, 미루고 또 미루기를 반복할 뿐이었다. 마흔이 되도록 이런 생활을 해 왔으니 이제 와서 운동을 시작하기에는 그 벽이 너무 높게만 보였다.

엄마가 되고 나서도 달라진 것은 없었다.

아이를 키우면서 자신만의 시간을 내어 운동할 수 있는 사람이 몇 명이나 될까.

아이가 어릴 때는 아이의 시간에 엄마를 맞춰야 한다. 아이가 잠에서 깰까 조바심 내며 밥은 항상 국에 말아 후루룩 마시다시피 먹고, 이유식 만들고, 우는 아이 달래다 화장실도 제대로 못 가서 변비에 시달리기도 한다. 큰 맘 먹고 화장실에 가면 문 앞에서 울고 부는 아이를 어쩌지 못해 무릎에 앉히고는 냄새나는 공간에서 볼 일을 본다. 이렇게 육아에 꼼짝 못하는 엄마가 운동할 시간을 따로 낸다는 것은 현실적으로 참 어려운 이야기다.

딸을 키우는 동안 체력의 한계를 경험하면서 더 이상 운동을 미룰 수는 없겠다는 생각이 들었다. 그런데 시간도 따로 낼 수 없었고, 운동 하는 방법조차 몰랐다. 게다가 어린 딸은 내가 운동하기 싫어하고 귀찮아 하는 것을 보고 그대로 따라했다. 뭔가 해보자고 권해도 늘 귀찮다고 하고, 싫증도 잘 냈다. 그대로 두고 볼 수 없었다. 아이와 함께 변화해야겠다고 단단히 마음 먹었다.

처음으로 선택한 운동은 '3초 호흡'이었다. 이 말을 하면 대부분의 사람들이 비웃는다. 3초 호흡이 어떻게 운동이 될 수 있냐고. 그런데 나는 3초 호흡으로 시작해서 스트레칭과 요가로 자연스럽게 이어져 큰 성공을 거두었다. 운동을 아주 잘 하거나 매일 운동을 하는 사람들은 이해하기 힘들 수도 있겠다. 하지만 나처럼 허약체질에 끈기라고는 전혀 찾아볼 수 없는 사람에게는 아무리 좋은 운동도 의미가 없었다. 운동도 습관이다. 매일 꾸준히 하는 것이 가장 중요한데, 버거운 운동을 30분씩이나 계속할 자신은 아예 없었다. 꾸준히 계속하기 위해서는 변화에 민감한 뇌를 속이고 자연스럽게 시작해야 한다. 나에게 최고의 방법은 아주 작게, 눈에 보이지도 않을 만큼 작게 시작하는 것이었다.

아무리 작고 보잘 것 없어 보이는 행동도 꾸준히 계속하기만 하면 그 결과는 엄청나다. 운동과 호흡이 무슨 상관이냐고 물을 지도 모르겠다. 호흡은 사람의 생명이다. 우리는 태어난 순간부터 죽음에 이르기 전까지 호흡을 하며 살아간다. 특히 깊은 호흡은 요가나 명상에서도 많이 쓰이는데, 마음을 안정시킬 뿐만 아니라 에너지 저장소 역할을 하며 건강을 유지시킨다고 한다. 스트레스를 받으면 얕고 가쁜 숨을 쉬게 되며, 긴장된 상태에 있으므로 건강에 좋지 않다. 깊은 호흡을 하면 장의 운동을 도와 소화 장애와 변비를 없애며, 체지방을 감소시켜 다이어트에 도움이 된다. 근육이 이완되니 심신이 편안해지며 운동과 같은 효과를 보기 때문에 나처럼 강도 높은 운동이 부담스러운 사람들에게 시작하기에는 더없이 훌륭한 운동이 될 수 있었다.

3초 동안 깊게 들이마시고, 다시 3초 동안 깊게 내뱉는다. 타이머를 2분에 맞췄다. 3초 동안 들이마시고 내뱉는 호흡을 2분 동안 계속하는 것이다. 첫 날의 운동은 그게 전부였다. 운동이라는 생각조차 들지 않았다. 명상과 호흡을 함께 하니 2분은 금방 지났다. 그 후로도 나의 목표는 변함없이 3초 호흡, 2분이었다. 과연 이것이 운동이 될 수 있는 걸까 싶은 의구심이 들긴 했지만, 어쨌든 목표는 계속 달성해 나갔다. 언젠가 2분이란 시간이 20분이 되고, 2시간이 될 수 있을 거라는 확신도 가지고 있었다. 물론 지금은 요가를 병행해 한 시간도 거뜬히 해낸다. 3초의 호흡이 나에게는 너무나 훌륭한 운동이 된 것이다.

호흡을 통한 운동은 엄마들에게 아주 유용하다. 아침이든 저녁이든 시간을 가리지 않고 할 수 있으며, 설거지를 하다가도, 화장을 하다가도, 집안 일을 하다가도 아무 때나 쉽게 실천할 수 있다. 너무 쉽고 간단해서 아이들과 함께 하기에도 좋다. 매일 끊임없이 목표와 계획을 지켜나간다는 생각에 성취감도 더해진다.

2분이라는 시간이 너무 짧다고 느껴진다면, 몇 가지의 간단한 운동을 더할 수도 있다. 나의 경우에는 호흡을 끝낸 후 스트레칭으로 목운동을 겸하기도 했고, 국민체조를 하기도 했다. 국민 체조는 5분 정도 걸린다. 장족의 발전이다. 3초 호흡이 어느 정도 습관이 되었을 무렵 요가학원에 등록했다. 매일 3초 호흡과 요가를 병행했다. 아침에 일어나 호흡과 명상을 하고, 이어서 요가 동작을 한다. 그리고 요가에서 배운 팔굽혀펴기 한 개. 조금씩 시간도 늘려갔다. 몸이 아프거나 이런저런 이유로 요가학원에 가지 못하는 날에는 간단한 스트레칭으로 대신하기도 했다. 작년 10월부터 시작한 최소 운동 습관은 전혀 힘들이지 않고 성공할 수 있었다. 게다가 요가 학원을 지속적으로 다니고 있는 끈기까지 생기게 되었으니 큰 성장이 아닐 수 없다.

요즘은 만나는 사람들마다 작년보다 나의 표정이 밝아졌다고 한다. 워낙 몸이 허약했기 때문에 지금도 나를 처음 만나는 사람들은 약해 보인다고 할 지 모르겠지만, 예전부터 나를 아는 사람들은 놀라움을 금치 못한다. 나 스스로도 확실히 느끼고 있다. 점점 건강해지고 근력이 생기고 있다는 것을. 몸이 너무 아프거나 피곤한 날에는 다시 2분 동안만 3초 호흡을 하면 끝이다. 최소 습관의 장점은 성공의 핵심이 언제나 처음 시작했던 가장 작은 실천에 있다는 사실이다.

아주 작은 실행이야말로 변화에 민감한 뇌를 속이는 좋은 방법이다. 아무리 작고 보잘 것 없어 보이는 행동도 꾸준히 습관이 되면 그 결과는 엄청나다. 최소의 운동은 육아와 집안 일에 바쁜 엄마들에게 대단히 유용한 방법이다. 운동은 하고 싶지만 시간이 없다거나, 강도 높은 운동이 부담스럽게 느껴지는 엄마들이라면 내가 시작했던 3초 호흡을 강력히 권하고 싶다. 자녀와 함께 부담 없이 작은 운동 습관을 만들어 보자.

감정 습관

현재의 감정이 어떠한가에 따라 미래의 감정들이 결정되어지기 때문에
긍정의 감정을 만들고 유지시키는 것이 아주 중요하다. 내 마음 속의 긍정의 감정들을
파악할 수 있게 되면, 세상에 얼마나 무수한 긍정의 감정들이 있는지 알게 된다.

며칠 전 뉴스를 보니 해운대에서 큰 교통사고가 있었다고 한
다. 사상자를 17명이나 낸 운전자에 대해, 그리고 사
고의 경위에 대해 크게 보도되었다. 사고가 난 곳은 가끔씩 딸의 친구
엄마랑 만나는 장소 인근이라 놀랍기도 하고 마음이 편치 않았다. 사
건, 사고와 관련된 소식들은 되도록 보지도, 듣지도 않으려고 하는 편
인데, 내가 자주 가던 익숙한 곳이라 나도 모르게 뉴스에 집중이 되었
다.

안타까운 마음은 어느새 불안으로 바뀌고 계속 걱정을 이어가던
중, 이번에는 또 다른 뉴스가 나를 놀라게 했다. 친정으로 놀러온 딸과
어린 손주들과 함께 피서를 가는 중, 친정아버지가 몰던 차가 트레일
러로 돌진하여 아버지를 제외한 일가족이 모두 사망했다는 안타까운

소식이었다.

　연달아 보게 된 좋지 않은 뉴스에 나의 마음은 안타까움에서 한탄으로, 다시 불안과 근심이라는 부정적인 감정으로 점차 변해가기 시작했다.

　되도록이면 하루를 시작하는 아침이나 잠자리에 들기 직전에는 좋지 않은 소식을 접하지 않으려고 애를 쓰는 편이다. 부정적인 감정을 일으키게 만드는 뉴스를 접하다보면, 어느 순간 나도 모르게 머릿속이 부정적인 생각들로 가득차기 때문이다. 부정적인 감정은 긍정적인 감정보다 훨씬 쉽게 전염된다.

　간호사로 일하는 H언니가 있다. 만날 때마다 그녀의 시작은 한숨이었다. 간호사라는 직업의 특성상 몸과 마음이 지치고 힘들다는 이유도 있겠지만, 내가 보기엔 부정적인 감정이 습관으로 자리 잡은 듯 했다.

　"아휴, 수경아. 나는 왜 이렇게 되는 일이 없니. 살기가 싫다."

　십 년 넘게 그녀와 만나고 있지만, 웃으면서 "요즘 잘 지내고 있어, 행복해" 란 말은 단 한번도 들어본 적이 없다. 결혼만 하면 행복해 할 것 같았던 그녀는 결혼을 한 후에도 여전히 남편과 시댁 흉보기에 바빴고, 변함없이 부정적인 감정을 쏟아내고 있었다. 곁에서 듣는 나까지 점점 지쳐갔다. 아이를 낳고 육아에 지쳐 정신적으로나 육체적으로 너무 힘들다고 느끼고 있을 무렵에도 그 언니는 만날 때마다 자신의 신세한탄과 부정적인 에너지를 쏟아내기에 바빴다. 그녀와 만났다가 헤어지고 나면 어김없이 짜증이 몰려왔다. 언제부턴가 부정적인 감정에 나도 함께 동요되고 있었던 것이다. 그 때부터 가급적 H언니와의 만남을 미루거나 거절하기 시작했다.

감정도 습관이다. 특히 부정적인 감정은 대단히 빠른 속도로 사람의 마음을 전염시키며, 강한 영향을 미치기도 한다. 부정적인 감정에 머무르기를 좋아하는 사람은 아무도 없을 것이다. 그래서 대부분의 사람들이 긍정적인 감정을 마음속에 끌어당기기 위해 끊임없이 노력한다.

그럼에도 불구하고 긍정적인 감정으로 마음을 가득 채우기가 힘이 들고, 자신도 모르게 매 순간 부정적인 생각을 떠올리는 것은 감정의 습관 때문이라 할 수 있다.

감정의 습관은 말을 통해 바꿀 수 있다.

위에서 말한 H언니를 예로 들어보자.

"나는 왜 이렇게 되는 일이 없니."

이런 말을 하는 사람의 마음 한 구석에는 분명 잘 되고 싶다는 간절한 바람이 감춰져 있을 것이다. 그럴 때 부정적인 말을 하게 되면 잘 되고 싶다는 간절한 바람보다 내 인생은 엉망이야 라는 부정적인 의식에 더 집중하게 되어 점점 더 일을 그르치게 된다.

"나도 잘 되고 싶다."
"잘 되고 싶어. 잘 되겠지!"
"잘 될 거야. 나도 할 수 있어!"

이미 지나간 일은 돌이킬 수 없다. 그러나 앞으로 다가올 일들은 내가 어떻게 생각하고 말을 하는가에 따라 크게 달라진다.

우리는 흔히 "감정적으로 말하지 마라."는 표현을 쓰곤 한다. 마음속에 순간적으로 일어나는 감정을 삭이지 못하고 말로 표현해 버리면, 그 말은 다시 감정이 되어 악순환이 계속된다.

감정이 말로 표현되기도 하지만, 말이 감정을 변화시킬 수도 있다. 대단히 중요한 문제다. 어떤 말을 하는가에 따라 격하게 치솟은 감정이나 부정적인 생각을 자연스럽게 치유할 수 있다는 사실을 명심해야 한다.

《시크릿》이란 꽤 유명한 책이 있다. 끌어당김의 법칙 즉, 자신이 하고 싶고 되고 싶은 모든 것들을 선명하게 머릿속에 그리고 상상하면 반드시 이루어진다는 내용이다. 여기서도 가장 중요한 감정은 긍정이다. 긍정적인 마음으로 상상하고 끌어당길 때에야 비로소 효과가 있다는 말이다.

많은 사람들이 '돈이 많았으면 좋겠다' 라는 생각으로 '부유한 모습' 을 끌어당긴다. 돈이 많아졌을 때의 상황을 마음껏 상상하면서 말이다. 그런데 이것이 생각처럼 잘 되지 않는다. 왜냐 하면, 아무리 부유한 상황을 선명하게 상상해도, 실제로 마음 한켠에는 지금 자신의 부족한 모습을 여전히 인정하고 있기 때문이다. '부' 를 끌어당긴 것이 아니라 '결핍' 을 끌어당겼다는 말이다.

나도 참 많이 사용했던 시크릿 법칙이다. 분명 끌어당김이 잘 되는 사람이 있다. 그 사람들은 자신의 감정을 잘 컨트롤하여 긍정의 감정에 머무르고 있다. 돈이 없는 상태를 인정하고 거기서 부정으로 가지 않게 만드는 것이 핵심이다. 긍정 감정을 1, 부정 감정을 −1로 두고, 인정을 0으로 본다.

'그래 나는 돈이 없어' (인정)
'그렇지만 돈이 많이 벌 거야. 돈이 많이 들어오고 있어.' (긍정)

애써 부정하지 말고 자연스럽게 인정한다. 많은 사람들은 실제로 돈이 없는데도 돈이 많다고 생각하고 끌어당긴다. 그러면 실제 마음 속에는 '이미 돈이 없다' 라는 결핍의 마음이 존재하고 있어서 아무리

돈이 많은 긍정적인 이미지를 그려도 그 사의의 간극 때문에 부정적인 감정을 놓을 수 없게 되는 것이다.

끌어당김의 법칙을 제대로 활용하지 못하겠다는 사람들은 우선 긍정적인 감정 만들기부터 연습해야 한다.

긍정의 감정을 어떻게 습관으로 만들 수 있을까? 지금까지 설명해 온 최소 습관에 비해 조금은 추상적일 수 있겠지만, 확실히 긍정적인 감정도 습관으로 만들 수 있다.

아침마다 노트에 〈긍정의 감정〉을 적는다. 감사 일기와 비슷한데, 하루를 돌이켜 보고 어떤 일을 정해서 '긍정'으로 바라보는 것이다. 긍정 노트는 내가 부정적인 마음을 가지려고 할 때 좋은 점만을 바라 보게 함으로써 감정 자체를 인정하고 '긍정'에 머물도록 하는, 그야말로 마법의 노트와도 같다. 현재의 내 감정이 어떠한가에 따라 미래의 감정들도 결정이 되므로, 늘 긍정의 감정 상태에 머물도록 노력하는 것이 매주 중요하다,

나의 긍정노트에는 이렇게 적혀 있다.

남편이 설거지를 도와주다가 내가 아끼던 일제 컵을 두 개씩이나 깨뜨렸다,

짜증이 났다.

우선 내가 짜증이 났다는 사실을 인정했다.

그리고 나서 남편의 좋은 점에 대해 적기 시작했다.

'설거지를 도와주는 자상한 남편'

'무엇이든지 도와주는 남편'

'아이랑 잘 놀아주는 남편'

'컵을 깨뜨렸지만, 다행이 손에 작은 상처만 생긴 행운의 남편'

이렇게 적다보니 짜증은 금새 고맙고, 기분 좋은 감정으로 바뀌었다.

긍정노트는 불과 1분도 채 되지 않는 짧은 시간 안에 아주 작은 노력만으로 감정을 변화시킬 수 있는 최고의 방법이다. 나는 주로 아침에 감사 일기를 쓸 때 따로 긍정 일기를 짧게 적는다. 그러면서 긍정적인 감정을 정리한다. 이것이 쌓이다보면 내 마음 속에 있는 긍정의 감정들을 한 눈에 볼 수 있고, 이 세상에 얼마나 무수한 긍정의 감정들이 존재하는지 깨달을 수 있다. 그래서 필요할 때마다 얼마든지 끌어당길 수 있는 것이다. 꼭 아침시간 뿐만 아니라 하루를 보내면서 필요할 때마다 언제든 수시로 적고 있다. 생활이 되고, 습관이 될 수 있다.

외출을 해야 하는 바쁜 상황에 처할 때마다 딸은 꼭 화장실에 간다.

급한 마음에 순간 욱하는 감정이 올라온다. 이렇게 노트를 적지 못하는 상황에서는 딸이 가진 장점을 떠올리며 머릿속에서 긍정의 노트를 쓰기도 한다.

'외출 전에 볼 일을 보는 준비성 있는 딸'

'서두르지 않고 느긋한 여유를 나에게도 전달해주는 딸'

'아직 어리긴 하지만 그래도 제 멋을 아는 딸'

'내가 손 볼 필요도 없이 나를 도와주는 딸'

웃음이 피식 난다. 이런 사소한 긍정의 감정을 수시로 머릿속에 떠올리고 노트에 적는다면 얼마든지 습관으로 가질 수가 있다.

끌어당김의 법칙으로 유명한 에스더 힉스&제리 힉스는 그들의 책 《머니룰》에서 이렇게 말하고 있다.

"어떤 일의 부정적인 측면과 긍정적인 측면 모두 동시에 초점 맞추는 일은 가능하지 않습니다. 긍정 노트를 매일 사용하게 되면 당신이 좀 더 긍정적인 면을 향하는 데 도움이 될 것입니다. 당신이 점진적으로 주로 바라는 방향만을 향하는 데 도움이 될 것입니다. 조금이라도 기분 좋게 만드는 생각으로부터 약간 더 기분 좋은 생각으로, 또 약간 더 기분 좋은 생각으로 점진적으로 나아가는 것이, 곧바로 기분이 최고로 고무되는 생각으로 도약하는 것보다는 훨씬 더 쉽습니다. 왜냐하면, 모든 생각들은 끌어당김의 법칙에 영향을 받고 관리되기 때문입니다."

감정은 확실히 습관이다. 긍정적인 감정에 지속적으로 머물기 위해서는 긍정적인 감정을 끌어당기면 된다. 끌어당김이 익숙하지 않은 사람들은 우선 긍정적인 감정 만들기부터 연습해야 한다. 아침마다 〈긍정의 감정 노트〉를 적으면서 모든 일들을 긍정적으로 바라보는 연습을 한다. 긍정 노트는 부정적인 감정이 생겨나려 할 때, 좋은 점만을 바라보게 함으로써 지금의 감정을 인정하고 받아들이는 동시에 긍정적인 감정상태에 머물도록 하는 마법과도 같다.

현재의 감정이 어떠한가에 따라 미래의 감정들이 결정되어지기 때문에 긍정의 감정을 만들고 유지시키는 것이 아주 중요하다. 내 마음 속의 긍정의 감정들을 파악할 수 있게 되면, 세상에 얼마나 무수한 긍정의 감정들이 있는지 알게 된다. 때문에 끌어당기는 힘을 훨씬 수월하게 활용할 수 있다. 불과 1분 정도밖에 소요되지 않는 최소의 노력으로 꾸준히 습관 될 수 있는 긍정의 습관을 만들어보자.

06

작은 마음 조각하기

고통이나 안 좋았던 기억들로 인해 시도하지 못하고 있는
추상적인 목표들을 위해 마음속의 리허설 즉, 작게 마음을 조각해서
이미지를 상상하는 습관을 가져 보자.

며칠 전, 딸은 평소답지 않게 아주 즐거운 마음으로 유치원에
갔다. 아마도 유치원에서 생일 파티가 있는 모양이었
다. 즐거운 파티에 맛있는 케익까지 먹을 수 있으니 얼마나 즐거웠을
까? 어른인 나조차도 파티라는 말만 들어도 즐거우니 말이다.

딸은 최근 들어 유치원에서 재미를 찾지 못하는 듯 보인다. 그래서
아침등원길이 항상 힘들다. 유치원 등원을 즐겁게 하는 습관을 만들어
줘야겠다고 생각했다. 그렇다고 해서 매일 파티를 만들어줄 수는 없다.

어른들도 마찬가지다. 불쾌한 기분이 들거나 즐겁지 않으면 하루
종일 하는 일이 힘들다. 끝이 분명한 일이라면 어떻게든 참고 견딜 수
있겠지만, 늘 반복되는 일상이 지루하거나 별 재미를 느끼지 못한다면
무조건 인내하는 것도 한계가 있을 터다.

삶에서 만나는 대부분의 일에 끝은 없다. 항상 새로운 도전의 연속이다. 직장을 다니거나 습관을 들이거나, 뭔가를 새롭게 도전하고 배우는 모든 것들이 시작부터 불편하고 재미가 없다면 시종일관 지치고 힘이 든다. 특히 '습관'이라는 말을 떠올렸을 때 좋은 느낌보다는 불편한 감정이 먼저 느껴진다면 이는 대단히 심각한 문제이다.

'너는 어릴 때부터 얼마나 잠투정이 심했는지 몰라.'
'너는 다리 흔드는 습관 좀 고쳐라.'
'팔자걸음 습관 때문에 골반이 뒤틀어졌어.'
'언제 공부하는 습관 좀 키울래?'
'너 그렇게 투덜거리는 것도 습관이다.'

이런 말들을 들으면서 자란 사람들은 대부분 습관이라는 것이 뜯어고쳐야 하는 부담스러운 존재로 느껴진다. 우리보다 앞서 살아간 사람들도 한결같이 습관을 강조하고 있는 것을 보면, 습관이란 것이 분명 우리 삶에 아주 중요한 요소임을 확인할 수 있다. 그럼에도 불구하고 이 중요한 습관에 대해 부정적인 감정을 느끼고 있으니 좋은 습관을 가지는 것이 힘들게 느껴질 수밖에 없다는 말이다.

"행동하기 때문에 탁월한 사람이 되는 것이다. 당신이 반복적으로 하

는 행동, 그것이 바로 당신 자신이다. 즉, 탁월함은 행동이 아니라 습관이다."-아리스토텔레스-

"생각이 바뀌고 행동이 바뀌고, 행동이 바뀌면 습관이 바뀌고, 습관이 바뀌면 인격이 바뀌고, 인격이 바뀌면 운명까지도 바뀐다."-윌리엄 제임스-

"인간의 타고난 본성은 모두 비슷하지만 습관에 의해 달라진다." -공자-

"습관은 인간의 삶에서 가장 높은 판사와도 같다. 그러니 반드시 좋은 습관을 기르도록 하자."-프랜시스 베이컨-

대부분의 사람들이 이처럼 습관에 대한 부정적인 느낌에도 불구하고 좋은 습관을 가지기 위해 많은 노력을 기울이고 있다. 그런데도 잘되지 않는 이유는 무엇일까?

좋은 습관을 들이기 위해서는 시간과 노력이 필요하며 지속력이 있어야 한다. 많은 사람들이 거창한 목표를 가지고 실행에 옮겨야만 의미가 있다고 생각한다. 나도 좋은 습관을 길들이기 위해서는 반드시 참고 인내하는 쓰린 과정이 필요하다고 믿었다.

부담 없는 마음으로 습관을 길들일 수 있는 방법이 최소 습관이다. 최소 습관은 최소의 행동 네댓 가지를 부담 없이 행동으로 옮기는 것이다. 이런 행동은 너무 소소해서 실패하는 경우도 없고, 특별한 일이 생기는 경우에도 건너뛰지 않을 만큼 수월하다. 힘들이지 않고 작은 움직임으로 부담 없이 실천할 수 있다.

우리가 원하는 긍정적이고 좋은 행동을 자동적으로 실천할 수 있도록 훈련한다면 앞으로의 삶도 긍정적으로 바뀌게 된다. 물 마시기, 운동, 다이어트, 금연 등의 구체적 목표이든, 행복하기, 긍정적 감정 갖기, 새로운 일에 즐겁게 도전하기 등의 추상적인 목표든 모든 것을 최소습관으로 만들어 갈 수 있다.

나의 최소습관 중 3초 호흡이 있다. 간절하게 운동이 필요했던 나는 일반 사람들처럼 하루에 30분 혹은 한 시간씩 헬스클럽을 다니거나 조깅을 할 정도의 체력조차 가지고 있지 못했다. 어쩌다 하루이틀 마음을 단단히 먹고 가까운 산이라도 다녀온 날에는 그야말로 녹초가 되어 며칠씩 앓아야 했다. 운동을 해야 한다는 생각만 머릿속에 가득할 뿐, 몸은 전혀 따라주질 못했다. 지푸라기라도 잡아보겠다는 심정으로 시작한 것이 3초 호흡이다. 남들이 어떻게 생각하든 중요하지 않았다. 사람마다 제 몸에 맞는 옷이 있듯이, 나에게는 깊은 숨을 들이쉬는 것만으로도 충분한 운동이 될 수 있다고 믿었다. 게다가 시작은 비록 초라한 호흡에 불과하지만, 꾸준하게 계속할 수만 있다면 언젠가 운동다운 운동을 할 수도 있을 거라는 확신도 가지고 있었다.

생각했던 대로 3초 호흡에 대한 저항은 전혀 없었다. 조금만 관심을 가지고 깊게 숨을 쉬면 됐다. 시간이나 노력, 어느 하나도 부담되지 않았다. 나는 꾸준히 해냈고, 결국 호흡에 이어 요가와 스트레칭, 팔굽혀펴기 등 다양한 운동까지 할 수 있게 되었다.

UCLA의 임상 심리학자는 로버트 마우어는 한 여성에 대해 언급을 했다. 그 여성은 십대 시절 알약을 복용하다가 생명을 잃을 뻔 했던 일이 트라우마가 되어 그때부터 알약을 삼키려고 하면 격렬한 거부반응이 몸에서 일어났다고 한다. 기면발작이라는 질병으로 고통을 겪으면서도 알약을 삼킬 수 없어 심히 괴로워하는 그녀에게 '아주 작게 마음을 조각하는 법'을 사용해보라고 권유했다고 한다.

이것은 '마음 속의 리허설'이라고 하는데, 힘든 업무를 수행하거나 재능과 거리가 먼 일까지 쉽게 할 수 있도록 만드는 방법이라고 한다. 두뇌가 상상과 실제를 구분하지 못하는 점에 착안(두뇌 재활 분야 권위자 이안 로버트슨)해 오감을 이용해 어떤 일을 하고 있는 모습을 몇 분간 상상하는 것만으로 두뇌의 화학적 조성이 변하고 계속 연습하면 새로운 습관이 만들어진다는 것이다. 그녀는 처방된 약을 수월하게 먹고 긍정적인 효과를 얻는 모습을 상상했다. 그 이미지를 상상하는 습관이 들자 자신의 두려움을 완화시키고 알약을 복용할 수 있었다고 한다.

이처럼 고통 혹은 좋지 않은 기억들로 인해 계획조차 세우지 못하는 추상적인 목표를 위해서는 행동을 하기 전에 '마음 속의 리허설'을 해보는 게 좋다. 작게 마음을 조각해서 이미지를 상상하는 습관을 가지는 것만으로 긍정적인 해결책이 나온다고 한다.

로버트 마우어는 그의 책 《아주 작은 반복의 힘》에서 마음을 조각하는 방법에 대해 자세히 알려준다.

1. 하기 싫거나 불편한 일 구분하기
2. 매일 마음 조각하는 것을 몇 초 투자할 지 결정하기
3. 조용하고 편안한 장소 찾기
4. 어렵게 만드는 상황 상상하기
5. 오감 사용하기
6. 일을 해내는 걸 상상하기
7. 행동에 대한 긍정적인 반응이 오고 있다고 상상하기
8. 30초의 시간으로 천천히 조금씩 습관되게 하기
9. 마음 조각하기가 편해지면 최악의 시나리오 가정하기
10. 진짜 행동에 돌입해서 작은 것부터 시작하기.

위와 같은 방법으로 마음에 관한 최소 행동을 습관으로 만들 수 있다. 다만 이런 마음훈련은 신속하게 효과가 나타나는 게 아니므로 꾸준히 지속적으로 반복해야 한다.

부담 없는 최소습관을 시작하기 전에 마음을 조각하는 연습을 하면

더 좋을 것 같다. 아토피로 고생했던 시절, 쓴 야채 녹즙을 세 끼 내내 마셨을 때가 있다. 고통스러웠지만 체질 개선을 위해 참아야 했다. 너무 싫었던 기억 때문에 쌈밥집을 가도 쓴 야채는 입에도 안 댄다. 몸에 좋은 것은 알지만 손이 잘 가지 않는다. 이럴 때에는 먹기 전에 내 피부가 좋아진다는 생각을 하고, 야채를 즐겁게 먹는 상상을 한다. 내 몸을 건강하게 해 주는 야채에 고마워 한다. 그리고 아주 소량을 떼서 쌈장과 찍어 먹으면 부담이 훨씬 줄어든다.

아직 습관을 만들고 있는 단계지만 쓴 야채에 대한 거부감은 많이 줄어들었다. 아이에게도 마음 조각하기를 활용한다. 자기 전에 유치원의 좋은 점, 친구, 선생님, 놀이터, 재미있는 수업 등 그 중 하나를 생각하게 돕고 있다. 유치원 생활을 재미있게 느끼고, 등원 길을 즐겁게 하기 위해서다. 시간은 걸리겠지만 내 딸이 잘 하리라 확신을 가지고 있다.

최소습관을 들이려고 해도 정신과 마음이 먼저 가로막고 있을 때, 마음을 조각하여 이미지를 상상하는 습관을 먼저 길들여보자. 고통이나 안 좋았던 기억들로 인해 시도하지 못하고 있는 추상적인 목표들을 위해 마음속의 리허설 즉, 작게 마음을 조각해서 이미지를 상상하는 습관을 가져 보자.

[제 4 장]

작은 습관의
성공비결

01

나를 성장시키는 5분 메모습관

'기록이 기억을 지배한다.' 는 말처럼 기록은 우리 생활에서 쉽게 습관으로 만들 수 있다.
기록으로 작은 습관을 만들어 보자. 기록은 우리의 기억을 지배하기도 하며,
목표에서 눈을 떼지 않도록, 또 소원을 이루는데 도움을 준다.

오랜만에 친정에 갔다. 내 방에서 발견된 오래 전 일기장과 노트를 보고 한참을 추억에 잠겼다. 어릴 때부터 공부에는 관심이 없어도 예쁜 노트나 학용품에는 관심이 많아서 주로 노트와 볼펜을 색깔별로 사 모았었다. 그 때 샀던 노트 중 몇 개가 친정에 남아있다. 중학교 때 쓴 일기에는 한창 사춘기로 접어든 나의 고민거리와 함께 그림과 낙서들이 참 많이 들어있다.

과거로의 여행을 하듯 그 시절을 떠올리고 있을 때 다른 작은 수첩이 눈에 들어왔다. 수첩을 열어보니 나의 목표와 함께 '피부가 좋아지는 비결'이 빼곡하게 적혀 있었다.

'아, 맞다. 강봉수 할머니!'

그 할머니의 미용비법을 나만의 메모로 요약했던 수첩이었다. 강봉

수 할머니는 1990년대에 아기같이 뽀얗고 탱글탱글한 피부와 백발로 자신의 30년 넘은 미용 ,건강노하우로 유명세를 탔던 분이다. 당시 나는 크게 아토피가 올라오던 힘든 시절이라 한줄기 희망처럼 그 책을 갖고 다녔던 기억이 난다. 《강봉수 할머니의 미용 식이요법》이란 책을 보고 메모를 하면서 피부가 좋아질까 희망을 가지고 정성스럽게 적었던 기억이 떠올랐다. 그 때 이 노트에 나의 염원을 담아 적었던 기억이 난다. 피부가 좋아질 것을 믿으며, 쌀뜨물 세안부터 아토피에 좋다는 온갖 방법을 다 사용하면서 한 장 한 장 정성들여 썼었다. 지금 생각하니 그 비법들과 함께 목표까지 적었으면 얼마나 좋았을까 약간의 아쉬움이 남는다.

지금 나의 피부 상태는 20대 시절보다는 아주 양호한 편이다. 의학의 힘을 빌리지만, 그 때의 형편없었던 피부상태를 돌이켜 볼 때 지금은 살 만하다고 할 정도다. 그 때 나의 염원을 담아 적었던 메모의 힘이라고 믿고 싶다. 그러고 보니 다이어리에 적었던 내가 아주 강렬히 원했던 것들이 당장은 아니더라도 대부분 세월이 흐르면서 이루어진 것 같다. 목표에서 눈을 떼지만 않는다면 언젠가는 이루어진다는 걸 다시 한 번 확신할 수 있었다.

목표에서 눈을 떼지 않고 소망을 이루는 데에는 기록만한 것이 없다. 당연히 실행이 기본이겠지만, 열정이 식지 않도록 돕기 위해선 바라는 바를 꼭 기록해야 한다.

살아가면서 꿈을 이루기 위해서는 목표를 설정해야만 흔들림이 없다. 꿈을 이룰 수 있는 방법이 기록이라면 굳이 마다할 이유가 없지 않겠는가. 바라는 바를 기록하는 습관을 만들어보자. 백 번, 천 번씩 적는 것은 다소 부담이 될지 모르겠지만, 세 번 정도는 무난하게 기록할 수 있을 것 같다. 한 글자 한 글자에 정성과 소원을 담아 써 보자. 백 번을 쓰다가 지쳐서 포기한다면 아무런 의미가 없겠지만, 최소 세 번을 적으면서 온 정성을 다한다면 충분히 기록하는 습관을 들일 수 있다고 본다.

나도 지난 달에 세 개의 소원을 백일 동안 쓴 적이 있었다. 처음부터 백 번을 쓰겠다고 결심했다면 분명 나는 중간에 포기 했을 것이다. 그런데 세 번이라고 생각하니 부담이 전혀 없었고 결국 백일을 채울 수 있었다. 이제 그 세 가지의 소망은 언젠가 반드시 이루어질 거라고 믿으며 또 다른 목표들에 열중하고 있다.

신기하게도 최소의 기록들은 다른 노트의 기록들에까지 다양한 방법으로 영향을 주고 있다. 작년 말부터 적어온 감사 일기에서부터 다양한 내용들로 그 종류를 확장시킬 수 있었던 힘도 바로 기록의 습관 때문이었다. 나의 노트 한 권에는 다양한 종류의 메모들로 가득 차 있다. 다양한 기록을 많이 하는데도 전혀 버겁다는 느낌이 없다.

메모습관에 사용하는 여러 노트들

지금껏 메모한 노트들

우선 노트에 날짜, to do list, 나와 딸의 건강상태 체크, 하루 식단, 호흡과 명상, 눈 운동, 감사카드, 그리고 어떤 운동을 했는지 시간과 함께 적는다. 더불어 긍정의 감정노트, 소원일기, 소소한 감사일기, 성공일지, 책 읽고 느낀 점이나 마음에 드는 부분 등을 함께 적는다. 이 모든 것들을 아침에 기록한다. 저녁에는 오늘의 일어난 일들과 감사일기, 동시나 동화 스토리 등을 기록한다. 이렇게 종류를 따지다 보면 너무 많고 복잡해 보일지 몰라도 충분히 부담없이 기록할 수 있다. 물론 처음부터 종류를 많이 하는 것보다는 작게 시작해서 습관화시키는 것이 더욱 중요하다. 대단히 간단하면서 특별한 기록습관이다. 목표를 이루려면 특별한 힘이 있는 기록의 습관을 가지길 바란다.

헨리에트 앤 클라우저는 그의 저서 《종이 위의 기적, 쓰면 이루어진다》에서 이렇게 말한다.

"목표를 종이에 기록하는 것은 두뇌의 일부분인 망상활성화 시스템을 자극하고 뇌의 그 특별한 시스템이 당신을 도와 목표를 이루게 하기 때문이다"

망상활성화 시스템을 통해서 모든 정보와 메시지는 두뇌를 급격히 활성화시키거나 잠재의식 속으로 전송되기도 한다. 그렇기 때문에 목표를 적기 시작하면 두뇌는 그 목표와 관련된 것들에 민감하게 반응하기 시작하고 목표달성에 관한 신호들을 인식하기 시작한다. 기록이 주는 습관의 힘이 얼마나 대단한지 보여주는 말이다. 기록은 내가 어떤 생각을 하고 있었는지 개인의 역사도 되며 나를 되돌아보는 계기도 된다. 그리고 언젠가는 그 목표들이 반드시 이루어진다는 것이 더욱 중요하겠다.

영국 수상이었던 윈스턴 처칠은 모든 상황과 전쟁자료들을 자신의 '작은 책'에 실시간 기록했다고 한다. 의식적으로 한 행동이 아니라 마치 물 흘러가듯 자연스러운 습관이었다.

'행동을 유발하기에 필요한 사실과 세부사항을 요구했다.'는 평가에서도 처칠이 기록을 얼마나 중요하게 생각했는지 알 수 있다.

'기록이 기억을 지배한다.'는 말처럼 기록은 우리 생활에서 쉽게 습관으로 만들 수 있다. 기록으로 작은 습관을 만들어 보자.

기록은 우리의 기억을 지배하기도 하며, 목표에서 눈을 떼지 않도록, 또 소원을 이루는데 도움을 준다. 젊은 시절 이 최소의 기록 습관을 가지고 피부 질환에도 관심을 가졌더라면 어쩌면 지금보다 더 좋은 피부를 가졌을지도 모르겠다.

02

아주 작은 행동은 실패가 없다

최소습관을 좀 더 일찍 만났더라면 나의 인생에서 더 좋은 습관으로 행복한 생활을
일찍 즐겼을지도 모른다. 그러나 지금도 얼마든지 만족한다. 이제는 부담감에서, 두려움에서
점점 이별하고 있는 나를 발견할 수 있기 때문이다.

나는   어려서부터 겁이 많았다. 그런 나의 성격을 닮은 딸이 오늘
도 유치원을 가지 않겠다고 떼를 썼다. 영어가 힘들다는 이
유 때문이다. 딸이 다니는 유치원에서는 영어를 매일 가르친다. 딸에
게는 그것이 스트레스가 되었나보다. 생소한 단어를 배우고 복습하다
보니 자신이 실수할까봐 두려운 모양이었다. 선생님께 상담을 했더니
다른 친구들도 마찬가지라고 한다. 맞고 틀리는 문제에 그다지 연연
하지 않고 발표하는 것에 의의를 두는 과정인데, 딸의 경우에는 아마
도 틀릴까봐 걱정이 되는 것 같다고 말씀하신다.

어릴 적 나랑 너무 닮았다. 유치원 첫 날이 기억난다. 선생님께서
풍선이 그려진 종이를 나눠 주며 "선 밖으로 색이 튀어 나오면 안 된
다. 안 튀어나오게 색칠해." 라고 했던 이 말 한마디에 엄청난 노력을

기울였다. 그런데 결국 색칠은 선 밖으로 튀어 나가게 되었고, 나는 선생님께 혼이 날까 두려워 엄청 울었다.

겁이 많은 사람들의 특징은 무엇이든 시작할 때 두려워하고 스트레스를 받는다는 점이다. '실패하고 실수하면 엄마에게 혼나거나, 사람들이 놀릴까봐' 라는 생각이 마음 속 깊이 깔려 있는 것이다. 그래서 늘 안정적이고 똑같은 행동이나 반복을 좋아한다. 새로운 시도는 꿈도 꾸지 못한다. 욕심이 생기다가도 불안이 꼬리를 무는 유형이다. 새로운 시도나 모험을 즐기지 않는다.

이런 유형의 사람들에게 큰 목표나 과제를 주면 어떻게 될까? 아마 실천하기도 전에 스트레스와 함께 부담을 느낄 것이 분명하다. 나도 어떤 부탁이나 과제가 주어지면 늘 긴장하는 편이다. 어릴 때보다는 많이 나아져서 티가 나지 않지만, 마음 깊은 곳은 이미 부담감과 긴장으로 가득 차 있다. 또 맡은 일을 완벽하게 처리해서 타인으로부터 인정받고 싶은 욕구가 강해서 수월하게 시작하기도 힘들다. 그러다보니 일은 제대로 하지도 못하고, 장황한 계획만 잔뜩 늘어놓으면서 실천에 옮기지 못할 때가 많다. 실패할 것 같은 불안감이 크기 때문이다.

초등학교 6학년 때 일이다. KBS 부산 방송국에서 초등학교를 탐방하며 소개하는 프로가 있었는데, 합창 단원이던 나는 각 반의 반장들과 함께 방송국에서 촬영을 했다. 아침 방송에 나오는 프로라서 미리 가서 촬영을 했다. 키가 작은 나는 카메라가 정면으로 보이는 가운데 앉았다. 그런데 하필이면 그 때 당시 미남 아나운서였던 왕종근 아저씨가 나의 옆에 앉는 것이었다. 그리고는 마이크를 나에게 주면서 이름이 뭐지, 몇 학년 몇 반인지 물었었다. 나는 너무 부끄러워 혀를 쏙 내밀고 흐지부지 말끝을 흐리며 이름을 말했다. 그 방송을 엄마가 보시곤 나에게 이런 말씀을 하셨다.

"으이구, 6학년이나 되어 가지고 니 이름 하나도 제대로 못 말하나?"

나는 그 말에 수치심을 느꼈고, 동네 친구들이 방송을 봤을까봐 멀찌감치 피해 다니기도 했다. 실수했다는 생각이 머릿속에 한동안 계속 맴돌았던 사건이었다.

원래 내성적이고 겁이 많은데다 가정환경까지 엄했다. 실수를 하지 않기 위해선 아예 시도를 하지 않는 편이 낫다고 생각했다. 성인이 되고 차차 환경에 적응되었지만 여전히 새로운 시도나 계획이 있을 때는 긴장을 한 나머지 두통에 시달리기도 했다. 아이를 낳고 산후, 육아 우울증이 왔을 때에는 같은 아파트의 주민을 만나 얘기하는 것조차 아주 부담스러울 때가 많았다.

그랬던 내가 딸을 키우면서 엄마로서의 모델이 중요하다는 걸 느꼈다. 아이는 부모를 보고 자라기에 내가 어릴 때 겪었던 힘든 마음을 대물림하고 싶지 않았다. 그래서 딸에게 가르치고 함께 시도한 것이 바로 최소 습관이다.

최소습관은 아주 작게, 힘들이지 않고, 부담스럽지도 않게 시도하는 것을 기본으로 하기 때문에 언제나 바로 시도할 수가 있다. 목표도 작고, 실천에 옮기는 행동도 작기 때문에 실패할 수가 없다. 거창한 목표를 세우고 실패할까봐 두려워서 시도조차 제대로 할 수 없는 사람이라면, 최소 습관은 너무나 작은 목표이기에 실패에 대한 두려움을 갖지 않아도 된다는 점이 최고의 장점이 될 수 있다.

나도 처음에는 이 작은 행동들이 어떻게 습관으로 이어질 수 있을까 의심했다. 일단 물을 전혀 마시지 않는 나를 바꿔보고 싶어서 하루에 물 두 잔 마시기를 목표로 잡았다. 20년 전 다이어리에 적힌 하루 1.5리터 물 마시기는 목표 자체가 부담이었다. 당연히 지키지도 못했다.

하루에 물 두 잔 마시기. 습관이 되었을까? 거짓말 같지만 아주 좋은 습관으로 자리 잡았다. 스스로도 매우 놀라고 있다. 실패할 거라고 생각하고 두려워하며 시도를 하지 않았더라면 이 좋은 물마시기 습관은 아직도 목표로만 남아 있을 것이다. 여전히 1,5리터의 물을 마셔야 한다는 강박에 시달리면서도 습관으로 만들지 못했을 것이 분명하다.

딸에게도 똑같이 적용한다. 작은 음료수 뚜껑에 물을 채워 세 번을 마시라고 하면 부담 없이 마신다. 한 컵을 마시라고 하면 아예 입도 열지 않는데, 뚜껑에 담긴 물은 자기가 봐도 가소로운가 보다. 딸은 아직 건강을 위해 물을 마셔야 한다는 사실을 제대로 이해하지 못한다. 그래서 엄마인 내가 매일 물을 먹여줘야 하는 번거로움은 있지만, 딸이 물을 마시는 것에 거부감을 갖지 않게 된다면 그 때는 스스로도 잘 마실 거라고 확신한다.

운동을 싫어하는 나는 이제 강도 높은 운동을 매일 해야 한다는 강박 따위는 잊은 지 오래다. 그냥 가볍게 3초 호흡을 2~3분 한다거나, 요가 혹은 팔굽혀펴기를 간단하게 한다. 만날 때마다 팔뚝이 너무 가늘다고 걱정하던 지인들도 최근에는 나의 팔뚝을 보면서 굵어졌다고 신기해한다. 화장실에 다녀 와서 혹은 물 마실 때 잠깐 생각나면 수시로 가벼운 운동을 한다. 일상에서 행복을 찾기 위해 감사 일기나 감사 카드를 짧게 써서 주위 사람들에게 전하다보니 이제는 어느 정도 내 자신에게 집중하게 되었고, 사람들을 만날 때에도 전혀 거부감이 없어지게 되었다.

나는 지금도 많은 종류의 목표를 아주 작게 잡아 실천하고 있다. 너무 쉽고 단순해서 실패에 대한 두려움을 전혀 느끼지 않고, 작은 성취를 맛볼 수 있기 때문에 또 다른 도전에 대한 의욕마저 생기게 된다.

또한 꾸준히 실천하는 지속력과 스스로에 대한 믿음도 생긴다. 두려움이 사라지는 것이다.

지금 나는 매일 두 장 분량의 글을 쓰고 있다. 이렇게 긴 글을 지속적으로 쓸 수 있게 만들어 준 것도 결국은 최소습관 덕분이었다.

스티븐 기즈는 그의 책 《지금의 조건에서 시작하는 힘》에서 실수할까 두려워 시작하지 못하는 사람을 위해 이렇게 조언한다.

1. 성취 목록을 만들라.

2. 디지털 사고법 즉, 상황을 0(아무 것도 안한 상황)아니면 1(행동을 취한 상황)로 보고 1로 정한 행동에 집중하고 성공으로 간주한다.

3. 작은 습관을 만들어 쉽게 성공하라.

4. 성공이 아닌 전진에 목표를 두고 큰 목표를 조각내서 가장 작은 조각의 성공을 추구한다.

의지력이 약하거나 실패에 대한 두려움으로 목표를 세우고도 시도조차 하지 못하고 있다면 최소 습관을 길들여보자. 최소 습관은 너무 작고, 사소하게 시작할 수 있는 행동이기에 전혀 부담되지 않아서 실패할 수가 없다. 그러므로 실패하는 두려움을 사라지게 할 수 있다.

나는 딸에게 최소 습관을 정해 주기로 했다.

1. 영어시간에 손 드는 것

2. 선생님을 바라보는 것

3. 한 번이라도 따라 말해보는 것

4. 앞에 나가서 영어 단어를 붙이는 것

5. 정답이든 아니든 일단 말하는 것

6. 영어 시간 밖에 나가지 않고 자리에 앉아 있는 것

이런 내용들을 성공 1로 정해서 실패하지 않는 최소습관을 익히도록 도와줄 생각이다. 최소습관을 좀 더 일찍 만났더라면 나의 인생에서 더 좋은 습관으로 행복한 생활을 일찍 즐겼을지도 모른다. 그러나 지금도 얼마든지 만족한다. 이제는 부담감에서, 두려움에서 점점 이별하고 있는 나를 발견할 수 있기 때문이다.

장황한 계획을 짜면서도 막상 실패할 것 같은 불안감으로 실천을 하지 못한다면 최소의 행동으로 시도하는 최소습관을 길들여 보기를 권한다. 작은 성공은 또 다른 성공을 맛보기를 원하며 자신에 대한 믿음과 자신감이 생기므로 실패에 대한 두려움도 사라진다. 내성적인 성향에서 사교적으로도 바뀐다. 또한 최소습관은 아주 작게 시작하기 때문에 실패할 수가 없다. 최소 습관으로 실패의 두려움을 없애보자.

03

아주 작게, 더 작게

어떤 일이든 거부감이 느껴질 때면 그것을 잘게 쪼개서 아주 작은 행동으로
만들 수 있다. 작게, 더 작게 성공의 맛을 보고 성공의 경험들을 많이 만들어 두자.
큰 성공을 위해서 아주 작은 성공을 경험해 보자.

최근에 | 'M 치킨' 이라는 패스트 푸드점에서 햄버거를 사 먹은
적이 있다. 사람들이 북적이는 모습을 보기도 했고, 맛
이 궁금하기도 해서 치킨 햄버거 하나를 샀다. 고소한 치킨냄새와 함
께 어마어마한 사이즈의 햄버거는 군침이 마구 돌 정도로 먹음직스러
웠다.

문제는 그 때부터였다. 햄버거의 내용물이 너무 많아 나의 작은 입
으로는 도저히 먹을 수가 없었다. 남들은 크게 입을 벌려 한 입씩 맛있
게 베어 먹는데, 나는 어쩔 줄 몰라 쩔쩔 매고 있을 수밖에 없었다. 결
국 일회용 플라스틱 칼을 빌려 햄버거를 아주 작게 썰기 시작했다. 그
리고 내 입에 맞는 것부터 먹기 시작했다. 깔끔하게 먹진 못했지만 그
래도 만족스럽게 햄버거 하나를 후딱 해치웠다. 입이 아주 작은 나에

게 이런 큰 햄버거는 부담스러울 때가 많다. 남들이 어찌 먹든, 나는 내 방식대로 먹기만 하면 그만이다. 목표는 달성한 것이다.

계획이라고 하면 항상 그럴 듯해야 한다고 생각해왔던 나는 예전에는 작은 목표나 작은 시도 따위는 아예 거들떠보지도 않았다. 왜냐하면 그런 작은 목표나 시도들은 웬만큼 노력한다고 해도 금방 눈에 보일 만큼 성과가 드러나지 않았기 때문이었다. 나는 사람들에게 혹은 가족들에게 내 자신의 변화된 멋진 모습을 빨리 보여주고 싶었다. 그러나 변화는 커녕 조급하게 시작된 행동들은 꾸준히 실천할 수가 없었고, 결국 아무것도 이루지 못한 채 흐지부지 되고 말았던 것이다.

운동을 해도 30분 이상, 물 마시는 습관을 들이려면 하루에 1.5리터씩, 커피는 안 좋으니 단 번에 끊고, 영어를 배우기 위해 최소 한 시간씩 매일 외우고 CNN방송을 들어야만 습관이 만들어지는 줄로만 알았다. 그러나 강도 높은 실천들 중에서 제대로 습관이 된 것은 하나도 없었다. 선명한 목표와 계획이 있었음에도 불구하고 왜 꾸준한 실천을 하지 못했을까? 앞서 말한 바와 같이 사람의 뇌는 변화에 민감하기 때문에 부담이 느껴지는 순간 저항이 생기기 때문이다.

딸과 함께 TV 만화영화 '뽀로로'를 본 적이 있다. 뽀로로와 친구들이 눈을 굴린다. 언덕 비탈길에서 처음 만든 주먹 만한 눈덩이가 갑자기 비탈길로 내려가더니 가속이 붙으면서 어마어마한 눈덩이가 되어 뽀로로와 친구들이 모두 눈덩이 속에 파묻혀 굴러가는 장면을 보고 엄청 웃었던 기억이 난다.

　목표의 시작은 주먹 만한 눈덩이처럼 느껴질 지도 모른다. 이런 사소한 행동이 어떻게 습관이 될까 라는 의문이 들지도 모르겠다. 그런데 그 작아 보이는 행동과 시도를 끊임없이 꾸준히 하다보면 어느 새 지속력과 가속이 붙어 아주큰 좋은 습관 덩어리가 되어 있을 것이다. 작다고 무시해서는 안 된다. 최소 습관을 들이는 데 가장 중요한 점은 아무리 작은 행동이라도 꾸준히 해야 한다는 사실이다. 꾸준히, 무의식적으로 하기 위해서는 우선 부담이 없을 정도로 작아야 한다. 커피를 네 잔에서 줄이려면 단번에 한 잔으로 혹은 아예 마시지 않겠다고 결심하는 것은 실천하기 힘들다. 커피를 마시지 않으면 찜찜하고 피곤하게 느껴지기 때문이다. 뇌가 부담스럽게 느끼지 않으려면 급격히 줄이는 것보다는 한모금, 또 한모금씩 줄여 나가는 것이다. 그 사이 생강차, 생수 마시기 등 좋은 생활습관을 자연스레 길들일 수 있다. 지금은 네댓 잔에서 두 잔까지 줄인 상태다. 커피를 조금씩 줄이고 나니 편두통도 줄어들었고 몸 속 수분을 빼앗기지 않으니 피부도 조금씩 좋아지는 것 같았다.

　앞서 아주 작은 행동은 실패가 없다고 얘기한 적이 있다. 딸이 유치원에서 영어시간을 두려워하지 않게 된 것도, 작은 습관을 꾸준히 실천했기 때문이다. 작은 습관은 어른에게도 아이들에게도 유용하게 쓸 수 있는 행동전략임에 틀림없다. 성공을 자주하면 또 성공하고 싶은 욕구가 일어나고 그로 인해 자신감이 생긴다.

《나는 고작 한 번 해봤을 뿐이다》의 김민태 저자의 말에 의하면 인간은 해도 안 되는 환경에 반복적으로 노출되면 자신이 할 수 있는 일들마저 포기하게 되는 경향이 높아지는데 ,이를 심리학에서는 '학습된 무기력' 이라고 한단다. 노력하면 할 수 있는데도 포기하는 것이다.

그럴 때는 작게, 더 작게 성공의 맛을 보면서 성공의 경험들을 많이 만들어 내야 한다. 자녀에게도 너무 큰 목표를 주어 공부를 시키기보다는 쉽고 작게 목표를 주어 꾸준히 성공하게 만드는 것이 좋겠다.

대부분의 사람들은 새로운 행동에 도전할 때 거부감이 들면 이를 참고 도약해야 한다고 말한다. 물론 처음 한 두번이야 어떻게든 해내겠지만, 계속해서 억지로 시도하게 되면 나중에는 열망과 의지력이 사라져서 금방 포기하고 말 것이다. 독서를 전혀 하지 않던 사람에게 하루에 반 권씩, 또는 일주일에 한 권씩 책을 읽으라고 하면, 처음에는 어떻게든 읽기는 한다. 그러나 얼마 되지 않아 손에서 책을 놓게 될 것이 뻔하다. 억지로 읽었기 때문이다. 책 읽는 것이 힘들기 때문이다. 시간이 갈수록 책을 읽는다는 것이 부담스럽고, 힘들고, 어렵게 느껴진다. 계속 습관으로 만들기에는 부담감이 커서 지속력이 떨어지게 된다. 하루에 두 장 읽기, 혹은 하루에 한 문장 읽기 정도로만 시작해도 충분하다. 뇌가 부담을 느끼지 않도록 조금씩 자연스럽게 시작하는 것이 독서습관을 기를 수 있는 최선의 방법이다. 하루에 한 문장을 읽는다는 것이 아주 우습게 여겨질 지도 모르겠다. 이렇게 해서 언제 독서습관을 만들 것인가 답답한 마음이 들지도 모르겠다. 명심하자. 우리의 목표는 결국 책을 읽는 습관을 들이는 것에 있는 것이지, 빨리 독서를 하게 되는 것이 아니다. 한 문장씩이라도 매일 꾸준하게 읽다보면, 언젠가 커다란 눈덩이로 다가올 것이다.

작은 습관을 만들다가 거부감이 든다면 언제든지 더 작게 만들 필요가 있고 , 더 작고 작게 만들어 시작하면 된다. 큰 코끼리를 먹으려면 한 번에 한 입씩 먹으면 된다. 큰 햄버거를 먹으려면 아주 작게 조각내어 먹으면 된다. 마찬가지로 우리의 계획이 너무 거창하고 터무니없이 크게 보여서 시도를 못 할 때는 한 번에 한 입씩 서두르지 않고 꾸준히 매일 실행하면 된다. 비록 시작은 너무 작아 보잘 것 없이 보일지도 모르겠지만, 그 보잘 것 없는 행동과 시도를 꾸준히 계속하다 보면 어느 새 지속력과 가속이 붙게 된다. 최소의 습관을 들이려면 하나의 행동이라도 꾸준히 해야 한다. 의지가 바닥이 난 상태에서도 충분히 실천할 수 있도록 만들어주는 것이 최소습관이다. 어떤 일이든 거부감이 느껴질 때면 그것을 잘게 쪼개서 아주 작은 행동으로 만들 수 있다. 작게, 더 작게 성공의 맛을 보고 성공의 경험들을 많이 만들어 두자. 거부감이 있을 때는 작게 더 작게 시작하자. 큰 성공을 위해서 아주 작은 성공을 경험해 보자.

작지만 위대한 차이

아무리 사소한 일이라도 한 가지 일을 오래 지속하면
자신감을 가질 수 있게 된다. 쉽게, 꾸준하게! 최소의 습관으로 지속력을 키워보자.
내가 좋은 습관들을 길들일 수 있었던 유일한 방법이다.

과거의 │ 나는 굳이 새해가 아니더라도 매달, 매주, 매일 계획을
세웠다. 안타깝게도 계획이 잘 지켜진 적은 거의 없었
고, 항상 발등에 불이 떨어져야만 겨우 실천에 옮기는 정도였다. 언제
나 계획들은 거창했던 것에 비해 지켜지는 계획들은 고작 몇 개 밖에
되지 않았다. 마치 펄펄 끓어오르는 냄비처럼 순간적으로는 크게 관심
을 가지고 열정을 쏟았다가 시간이 흐르면서 점점 싫증을 내고 지속력
이 사라지면서 식어버리곤 했다.

'시간이 많으니 내일부터, 다음 날부터.'

계속 미루는 행동이 습관이 되어버렸다. 무슨 일이든 싫증을 잘 내
는 성격이라 내가 만들고 싶은 좋은 습관들을 끝까지 완성시켜본 적이
없었다. 항상 거창했다. 저주 받은 하체 탈출하기, 영어회화 마스터,

동요, 곡 쓰기 등등 계획을 짤 때마다 다 이루어진 것처럼 뿌듯함을 느끼면서 계속 결심만 하면서 이어갔다. 물론 처음 며칠 동안은 정말 열심히 한다. 문제는 그 열정이 너무나 빨리 사라진다는 것이었다. 끈기 없고 싫증을 빨리 내는 나같은 사람에게는 습관을 길들인다는 것이 쉽지 않았다.

어릴 적, 친구를 따라 등록했던 주산학원은 두 달도 못 채우고 그만뒀다. 선생님이 불러주는 숫자를 암산하는 것이 너무나 지루해서 갖은 핑계를 대고서는 그만두었다. 내가 배운 유일한 악기는 피아노였다. 그나마 피아노는 흥미가 있었는지 재미있게 2년 동안 다닐 수 있었다. 그랬던 피아노 학원도 점점 어려운 곡들을 배우게 되자 꾀를 부려 가기 싫다고 엄마를 졸랐다. 엄마는 다른 학원으로 바꿔보라며 옮겨줬고, 어쩔 수 없이 6학년 때까지는 그럭저럭 다닐 수 있었다. 그림을 한 번도 배워보지 않았음에도 불구하고 나는 꽤 그림을 잘 그렸었다. 중학교 때의 일이 생각난다. 미술 시간에는 항상 선생님이 소묘를 잘 그린다고 칭찬해 주셨는데, 미술 시간이 끝나갈수록 집중력과 끈기가 떨어져 대충대충 마무리한 적이 한 두 번이 아니었다. 꾸준한 실행습관, 지속적인 끈기는 나와는 정말 거리가 멀었다.

습관이 인생을 바꾼다는 말처럼 성장하면서 자연스럽게 몸에 밴 습관들이 나의 삶을 만들어버렸다. 어렸을 때부터 싫증을 잘 내고, 끈기가 없던 나는 극심한 아토피 피부 등 여러 가지 상황을 겪으면서 의지가 더욱 약해졌고, 부정적인 성향도 강해졌다. 이는 성인이 되어서도 마찬가지였다. 항상 결심만 하며 장황한 계획을 세우는 데에만 급급해했다. 실천은 뒤로 하고 오로지 계획만 가득했다. 돌이켜보면 나는 항상 머릿속으로만 계획하고, 마음속으로만 실천했던 것 같다. 차라리 계획을 세우는 시간 동안 최소의 행동이라도 시작했더라면 때로는 내가 원하는 목표에 도달했을지도 모른다. 비록 끈기도 없고, 싫증도 많은 나였지만 작은 실천들이 꾸준히 쌓였더라면 지금쯤 몇 가지라도 목표를 달성할 수 있지 않았을까 싶은 생각이 든다.

직장에 다닐 때에도, 주어진 일이 마음에 들지 않는다거나 사람들과의 관계가 조금만 불편해지면 다른 일을 해볼까 기웃기웃 거렸다. 내가 그렇게 시간을 낭비하는 사이에 주변 친구들은 하나씩 자신만의 위치를 만들어 나갔다. 학창시절 K라는 친구가 있었다. 우리 반 반장이었던 K는 공부도 잘하고 밝은 친구였다. 부산 토박이임에도 불구하고 서울 표준어를 사용하면서 늘 입버릇처럼 자신은 아나운서가 될 거라고 말하곤 했다. 나는 어린 마음에 '서울사람도 아니면서 어떻게 아나운서가 되겠다고 저러는 거야'라며 마음속으로 비웃었다.

고등학교 졸업 후 각자의 길을 살아가게 되면서 그 친구를 잊고 지

냈는데, 얼마 전 친구로부터 들은 바에 의하면 K가 진짜 아나운서가 되어 라디오 방송을 하고 있다고 했다. 정말 대단하다는 생각이 들었다. 자신이 바라는 목표를 명확하게 그리고, 어릴 때부터 아나운서처럼 표준어로 말하는 습관을 가지고 있었던 것이다. K는 중학교 시절부터 이미 훌륭한 아나운서였다는 생각이 든다. K는 마침내 라디오 방송에서 한 걸음 더 나아가 모 방송제작사 대표가 되었다. 자신이 원하는 목표를 달성하기 위해 필요한 부분들을 일찌감치 습관으로 만든 점이 참 본 받을 만 하다고 생각된다. 대부분의 사람들은 자신이 바라는 바를 이루기 위한 결심과 다짐을 많이 한다. 다만, 주로 생각이나 말 뿐이라는 점이 안타까울 따름이다. 목표를 달성하기 위해서는 계획을 세우고 결심을 하는 것도 중요하겠지만, 끊임없이 실행에 옮길 수 있도록 습관을 길들이는 것이 반드시 필요하다는 점을 잊지 말았으면 좋겠다.

20대 청춘 시절에 몸에 밴 나쁜 습관은 30대를 거쳐 엄마가 된 지금까지도 지속되는 것들이 많다. 내가 바라는 좋은 습관들은 오랫동안 지속시키기가 힘들었고, 반면 좋지 않은 습관들만 가득 남아 있었다.

서른여섯 늦은 나이에 아이를 낳고 보니, 몸은 더욱 말을 듣지 않았다. 타고난 허약체질 탓에 집안일과 육아의 병행은 고통 그 자체였다. 그러나 가정주부와 엄마로서의 역할은 싫증이 난다고 해서 그만두거나 포기할 수 있는 선택의 문제가 아니었다.

꾸역꾸역 하루를 지내다보니 어느 순간 나의 몸은 표현할 수 없을 정도로 심각한 상태에 이르렀다. 빈혈이 너무 심해 매일 깨질듯 한 편두통에 시달렸으며, 일주일의 반을 집안에 누워 지낼 때도 있었다. 짜증은 있는 대로 올라와서 애꿎은 딸아이만 들들 볶았다. 딸은 은연중에 그런 엄마의 모습을 배우고 따라하게 되었다. 딸에게도 나의 나쁜 습관이 그대로 전염되고 있었던 것이다. 진정으로 변화하고 싶었다.

마흔 살이 되던 해, 뭔가를 새롭게 시작하기에는 이미 늦었다고 생각하며 살았던 내가 단호하게 결심을 했다. 다시 시작하자고, 처음부터 다시 시작하자고! 내가 원하는 습관들을 새롭게 만들어 만족스러운 삶을 만들고야 말겠다고 다짐했다.

오래 전 만들어 놓기만 하고 전혀 손을 대지 않았던 블로그를 다시 시작했다. 우선 매일 글을 쓰고, 일상의 사진을 올리기로 했다. 어떤 의미를 부여한다기보다는 인내와 끈기를 키우기 위해서였다. 꾸준히 뭔가를 할 수 있다는 자신감을 갖고 싶었다. 하루에 하나씩만, 간단한 글이라도 써서 블로그에 올려보자는 최소 목표를 잡았다. 어떤 일이 있어도 빠트리지 않을 만큼 가볍고 작게 그 목표를 최소한으로 낮추었다.

번잡한 생각이 많고 싫증을 빨리 내는 사람에게 가장 중요한 것은 일단 부담이 없어야 하며 재미가 있어야 한다는 사실이다. 습관으로 굳어지게 만들기 위해서는 규칙적인 반복이 중요했다. 매일 규칙적으로 반복하기 위해서는 무엇보다 부담감이 없어야 했다. 나중에 습관이 되고 익숙해지면 글의 종류도 다양하게 쓰고 포스팅 카테고리도 조금씩 늘여 나가기로 하고 우선은 하루 한 가지만 목표로 정했다. 더불어 블로그와 함께 실천에 옮길 수 있는 작은 실천사항들의 목록을 적기도 했다.

건강을 위해 근력도 함께 키워야 했다. 허약체질이긴 하지만 급격한 변화는 도저히 받아들일 수가 없었다. 서서히, 그러나 꾸준한 변화가 필요했다. 최소의 운동습관이야말로 나같은 사람에게 딱 맞는 전략이었다. 블로그와 함께 매일 조금씩 운동을 시작하면서, 좋은 습관들이 조금씩 자리를 잡아가기 시작했다. 자신감이 조금씩 생겨났다.

과거의 내가 나쁜 습관들을 많이 가질 수밖에 없었던 가장 큰 이유는, 시간을 귀하게 여기지 않았던 데서 비롯되었다. 최소 습관을 실천하다보니 1분, 5분, 10분 등의 자투리 시간 활용이 얼마나 소중한지 비로소 실감할 수 있게 되었다.

유성은 저자는 자신의 책《시간관리 자아실현》라는 책에서 이렇게 말하고 있다.

'바로 실행하는 습관은 좋은 습관이다. 미루는 습관을 극복하는 데 바로 실행하는 것만큼 탁월한 방법도 없다. 결심한 것을 행동하는 힘을 키우는 것이 인생 최대의 과제이다. 가장 간단한 방법은 너무 곰곰이 생각하지 말고 바로 실행하는 것이다. 어떤 목표를 선택했으면 그것을 향해 전진하는 것이다. 일단 실행한 후에 얼마든지 수정할 수도 있고 확장할 수도 있다.'

'일을 잘하는 사람들은 늘 조금씩 조금씩 수행한다. 그들은 안 하는 듯이 ,매우 쉽게, 가벼운 마음으로 일을 대한다. 하나가 끝나면 다른 하나를, 다른 하나가 끝나면 또 다른 하나를 하면 된다. 소위 게릴라처럼 야금야금하는 것이다.'

'한 가지 일을 오래 지속하면 근거 있는 자신감이 생긴다. ' 고 〈지속하는 힘〉의 저자 고바야시 다다아키는 말했다. 하나하나를 쌓아갈 때 자신감이 생겨나고, 성과로 이어진다고 했다.

습관이 사람을 만든다. 싫증을 잘 내고, 끈기가 없던 내가 간절히 변화하고 싶다는 마음으로 시작한 최소의 행동들은 무슨 일이든 꾸준히 할 수 있다는 자신감을 갖게 만들었고, 스스로에 대한 믿음도 함께 생겨나게 해 주었다.

거창한 목표가 아닌 작은 행동을 실천할 수 있는 목표로 과감하게 낮추고, 매일 거르지 않고 실천한 덕분에 이제는 모두가 습관으로 자리 잡았다. 아무리 사소한 일이라도 한 가지 일을 오래 지속하면 자신감을 가질 수 있게 된다. 쉽게, 꾸준하게! 최소의 습관으로 지속력을 키워보자. 내가 좋은 습관들을 길들일 수 있었던 유일한 방법이다.

지금 이 순간을 살기

오늘이 생의 마지막 날이라고 생각하고 정말 내가 하고 싶은 일들을 찾아
해보는 건 어떨까? 또한 가족을 행복하게 해 줄 수 있는 일들을 찾아 조금씩 해보면 어떨까?
나는 가족들에게, 주변 사람들에게 감사카드를 보낸다.

얼마 전 │ 태풍으로 인해 내가 사는 동네 주변은 그야말로 아수
라장이었다. 바닷물이 범람하여 근처 상가 1층높이까
지 차올랐으며 그 일대 상가들의 유리창이 깨지고 문도 부서지는 등
모든 게 파손되었다. 나무들은 쓰러지고 보도 블럭은 억지로 누군가
파헤친 것처럼 드러나 있었다. 얼마나 센 태풍이었나 짐작만으로도 끔
찍했다. 태풍으로 인해 안타깝게도 공사를 하던 인부가 사망했고, 다
른 곳에서는 노인이 옥상에서 추락하고, 아파트 주민이 주차장에서 급
류에 휩쓸려 사망하는 등 한순간에 목숨을 앗아가 버렸다. 살다보면
이렇게 어처구니없이 사랑하는 사람과 헤어지는 경우가 있다.

만약 내가 불의의 사고나 재해로 갑자기 세상을 떠나게 된다면 그
마지막 순간에 아무런 후회도 남기지 않을 수 있을까.

다람쥐 쳇바퀴 돌 듯 반복되는 일상이 지겹다는 말을 종종 듣는다. 항상 바쁘고 정신없이 살아가는 사람들을 흔히 볼 수 있다. 먼 훗날의 성공을 위해 조급한 마음으로 현재를 포기하며 살아가고 있는 듯하다. 오늘, 지금을 살아가지 못하고 언젠가를 위해 살아가다보면 갑작스럽게 맞이하게 될 지도 모를 죽음의 순간에 엄청난 후회를 안게 될 지도 모를 일이다.

어린 딸을 키우는 동안, 나는 너무도 지쳐 있었고 하루하루 그저 시간이 빨리 지나가기만을 바랐다. 허약한 몸으로 끝도 보이지 않는 육아와 집안일을 하려니 괴롭기 짝이 없었다. 매일, 매 순간이 아무런 의미없게 느껴질 뿐이었다. 어느 날 문득 눈을 떠 보니 딸은 이미 훌쩍 커 있었다. 예쁘고 귀엽기만 하던 시절을 돌이켜보니, 행복한 추억이라고는 별로 남아 있지 않았고, 그저 매일 힘들었던 기억밖에 없었다. 얼마나 가슴을 쥐어짜며 후회를 했는지 모른다. 조금만 마음을 기울여 어린 딸과 함께 하는 하루에 즐거워하고 행복했더라면 더 많은 추억과 인생의 기쁨을 간직할 수 있었을 텐데.

책을 읽고 있을 때 가끔 딸이 곁으로 와서 말을 건넨다.

"엄마 이것 봐, 나 이 그림 잘 그렸지? 엄마, 이것 좀 도와줘, 엄마, 엄마...."

나는 그럴 때마다 "응, 그래, 어 잠깐만, 잘했네." 라며 건성으로 대답을 할 때가 많았다.

급기야 어떤 날은 딸이 이렇게 말한다.

"엄마 카톡 좀 그만하고 이것 좀 봐줘."

화들짝 놀랐다. 쉴 새 없이 SNS에 빠져 정작 내 앞에 있는 소중한 시간을 낭비하고 있었다. 삶은 3초가 모여 이루어졌다는 말이 있듯이 우리는 현재에만 사는 것이다. 내일은 내일일 뿐이고 오늘, 현재, 지금 이 순간을 충실하며 살아야 한다.

〈버킷리스트〉라는 영화가 있다. 죽음 앞에 선 두 남자가 죽기 전에 꼭 하고 싶은 일들의 목록을 적고 이를 실행에 옮기기 위해 병원을 떠나 여행을 한다는 줄거리다. 이집트 여행 중 인생을 되돌아보는 대화가 있다.

'행복하게 살았는가?'

'남에게 얼마나 행복을 나누어 주었는가?'

두 사람은 이 두 가지 질문에 잘 대답해야 천국에 갈 수 있다고 말한다. 나는 인생을 행복하게 살았을까?

나는 과연 내 가족들에게, 내 주변 사람들에게 행복을 나누어 주었을까? 이런 생각을 하고 있자면 하루에 더욱 충실해야겠다는 다짐을 하게 된다.

매 순간을 열심히 산다는 말은, 매 순간 만나는 사람들이나 가족들에게 혼신을 다해야 한다는 뜻이다. 우리는 가족을 향해 사랑한다는 말을 하루에 몇 번이나 하고 있을까? 나는 딸에게 사랑한다는 말을 많이 하려고 애쓴다. 엄한 가정에서 칭찬보다는 훈육을 주로 들으며 자란 나는 사랑한다는 말보다는 잘 하라는 잔소리를 더 많이 들었다. 그래서 아이를 낳으면 꼭 사랑의 표현을 많이 해 줘야겠다고 수 십 번 다짐했었는데, 말처럼 쉽지 않았다. 더 늦기 전에, 더 어색해지기 전에 딸에게 사랑한다는 말을 많이 해야겠다.

사랑한다는 말을 하는데 얼마나 걸릴까? 감사하다고 말하는데는 또 얼마나 걸릴까? 시간으로 따지기가 무안할 정도로 찰나의 순간이다. 이토록 짧은 순간, 한 마디의 말을 통해 하루가 행복해질 수 있다면 머뭇거릴 이유가 없다. "사랑합니다, 감사합니다."라는 말을 습관처럼 할 수 있어야 한다. 이 또한 아주 작은 습관의 하나가 될 수 있는 것이다.

오늘이 생의 마지막 날이라고 생각하고 정말 내가 하고 싶은 일들을 찾아 조금씩 해보는 건 어떨까? 또한 가족을 행복하게 해 줄 수 있는 일들을 찾아 조금씩 해보면 어떨까? 나는 가족들에게, 주변 사람들에게 감사카드를 보낸다. 받는 이를 생각하면서 만들고 쓰는 것은 참 마음이 풍요로와지는 간단하고도 강력한 습관이다. 아이와 함께 소중한 시간을 즐기기 위해 나만의 시간을 이른 아침이나 늦은 밤으로 옮기는 것은 하루를 25시간으로 늘일 수 있는 시간관리 습관으로 자리 잡았다. 매일 산책을 하면서 자연의 아름다움을 느끼고 감사하는 마음을 갖는 것도 멋지지 않은가? 이런 최소의 습관들이 매일 조금씩 모이면 큰 성취감을 느낄 수 있다. 거대한 목표보다는 작은 행동이라도 꾸준히 계속하는 것, 그것이 바로 오늘을 충실히 살아갈 수 있는 동기가 될 수 있는 것이다.

사람들이 죽기 직전 고백하는 가장 큰 후회는 "사랑하는 사람에게 고맙다는 말을 많이 했더라면"이라고 한다. 이어 두 번째는 "진짜 하고 싶은 일을 했더라면" 이란 말이다.

스티브 잡스의 말을 떠올려 본다.

"죽음은 삶을 변화시킨다. 여러분의 삶에도 죽음이 찾아온다. 인생을 낭비하지 말기 바란다."잡스는 암으로 죽음에 가까워 올 때도 " 죽음은 삶이 만든 최고의 발명품이다."

스티브 잡스는 언제나 죽음을 생각하고 오늘이 마지막 날인 것처럼 열심히 살았기에 최고의 문명을 만들어냈다. 돈으로 살 수 없는 것이 시간임을 몸소 알려 준 것이다.

지금 처해 있는 상황에서 하루하루 즐거운 일을 찾아 시도해 보자. 오늘이 삶의 마지막인 것처럼 말이다.

일생을 최고의 시계를 만드는 데 바친 사람이 있었다. 그는 아들이 성인이 되던 날 손수 시계를 만들어 선물로 주었는데, 시침은 동으로 분침은 은으로 만들었고, 초침만 금으로 만들었다. 아들이 물었다.

"아버지, 시침은 크니까 금으로 장식하고 가장 가느다란 초침을 동으로 만들어야 하지 않나요?"

아버지가 대답했다.

"초침이야말로 금으로 만들어야 한다. 초를 잃는 것이야말로 세상의 모든 시간을 잃는 것과 마찬가지다. 초를 아끼지 않는 사람이 어떻게 시와 분을 아낄 수 있겠니? 세상의 흐름은 초에 의해 결정되고, 1초의 시간까지 책임질 수 있는 사람이 되도록 노력해라"

우리는 일 분, 일 초를 헛되게 보내지 않기 위해 현재에 충실해야 한다. 지금, 이 순간에 집중하다보면 꿈꾸는 인생을 얻을 수 있으며, 행복한 삶을 살게 될 것이다. 하루를 충실하게 살아갈 수 있는 최고의 방법 역시 작은 실천을 모아 습관으로 만드는 것이다. 작은 행동 하나는 점 하나에 불과할지 모르겠지만, 그 점들이 모여 선이 되고 그림이 된다.

갑자기 사랑하는 사람과 이별을 해야 할 때 그 마지막의 순간에 어떤 생각을 하게 될까? 어차피 내일이라는 시간이 다가올테니 오늘은 그저 편안하게 쉬면서 시간을 낭비하고 있지는 않은가. 내가 지금 실천하고 있는 여러 가지 최소 습관들은 하루를 충실하게 보내는 최고의 방법이다.

매 순간 만나는 사람들, 그리고 가족들에게 "고맙다, 사랑한다" 라고 얘기해보자. 매일 이 작은 습관으로 행복한 하루를 만들어보자. 비록 보잘 것 없이 보이는 작은 행동일지라도 꾸준히 습관으로 이어진다면 이 또한 오늘을 충실히 살아가는 원동력이 될 것이다. 지금 우리가 가진 것에서, 지금 우리가 처해 있는 상황 속에서 하루하루 즐거운 일을 찾아 실천해 보자. 오늘이 삶의 마지막인 것처럼.

06

목표를 향한 최소한의 실천사항 찾기

지금, 이 자리에서 당장 실행에 옮기더라도 전혀 부담되지 않고,
뭔가 변화했다는 느낌조차 들지 않는 행동들을 찾아 꾸준히 실천하는 것.
이것이 바로 최소 습관을 들이는 방법이다.

근력 자체가 | 없었다. 그래서 복식호흡을 시작으로 목 돌리기와 국민체조 등 운동을 하면서 팔뚝의 근육을 키우고 싶었다. 어릴 때부터 아프리카 난민이라고 놀림 받았던 팔뚝을 단단하게 만들고 싶어, 조금씩 운동을 시작한 후 팔굽혀펴기를 시도해보기로 했다. 그런데 웬걸? 엎드리면 일어나질 못하는 것이었다. 무릎을 꿇고 시도했다. 팔굽혀 펴기 하나를 했다. 부담없이 할 수 있을 것 같았다. 지금은 매일 15회, 때로는 30회씩 하고 있다.

목표를 과하게 잡지 않았기 때문에 가능한 일이었다. 몸의 부담을 줄이기 위해 처음에는 무릎을 꿇고 시작했지만, 지금은 반듯한 자세로 팔굽혀 펴기를 한다. 시작이 부담스럽지 않았던 탓에 꾸준히 지속할 수 있었고, 팔에 근력이 붙은 것은 말할 나위가 없다.

언젠가 딸이 유치원에서 홀라후프와 줄넘기를 배우게 됐는데, 잘하고 싶다면서 연습을 시작했었다. 한 번도 줄넘기를 배워본 적이 없었던 딸은 두 번째 도는 줄에서 매번 발에 걸려 넘어졌다. 그래서 일단은 한 번씩만 연습하라고 했다. 줄을 넘기는 동작부터 익숙해질 때까지 먼저 연습을 하고, 다음에는 제자리에서 점프하기, 그리고는 줄을 발 아래 놓고 점프하는 연습을 하도록 차근차근 진행했다. 처음에는 줄과 점프가 연결이 되지 않아 계속 줄 돌리는 연습만 반복했다. 무리하지 않고 천천히, 그리고 반복적으로 연습을 했더니 결국 딸은 두 개 이상 줄넘기를 할 수 있게 되었다.

목표를 정할 때에는 그 실천방법이 아주 중요하다. 지금 당장 행동으로 옮겨도 전혀 부담이 되지 않을 정도로 작은 목표를 정해야 하며, 아무런 변화가 느껴지지 않을 정도로 소소한 실천방법으로 시작하는 것이 좋다. 거창한 목표와 계획들로 당장 내 인생을 어떻게든 바꿀 수 있다고 생각하며 도전하는 것은, 우리의 뇌로 하여금 두려움을 느끼게 하고 거부반응을 불러일으킨다. 결국 중도에 포기하게 되거나 목표를 수정하게 되는 것이다.

그러므로 당장 어떤 성과나 효과가 눈에 보이지 않더라도 부담 없이 실천할 수 있는 작은 실천사항들로 목표를 정하는 것이 좋다. 정해진 목표를 달성하기 위해 실천사항들을 행동으로 옮기기 시작했는데,

그마저 힘이 들고 부담이 느껴진다면 다시 목표량을 줄이도록 한다. 작게, 더 작게 새롭게 실천하면 된다. 목표란 얼마나 빨리 달성하느냐가 중요한 것이 아니라, 달성했는가의 여부 자체가 중요한 것이다. 어떤 실천사항이든 시간과 횟수는 중요하지 않다. 다만 자신이 부담이 느껴지지 않는 선에서 꾸준히 할 수 있으면 된다.

사람들에게 버킷 리스트를 물어 보면 꽤 많은 이들이 "죽기 전에 자신의 이름으로 된 책을 쓰는 것이다." 라고 대답한다. 책을 내기 위해서 어떤 계획과 목표가 있냐고 물어보면 "아직은 때가 되지 않았다." 라는 답변이 돌아온다. 그러면서도 언젠가는 꼭 쓸 것이라는 말을 덧붙이곤 한다. 과거의 나도 똑같았다.

실제로 책을 출간하는 사람들이 많이 있다. 그만큼 의지력이 강하거나 실천력이 뛰어난 사람들이라 할 수 있겠다. 그렇다면 나처럼 의지력이 없는 사람은 평생을 글을 쓰거나, 책을 출간할 수 없는 것일까?

나는 최소 습관을 글쓰기에도 적용시켰다. 일단은 종이와 펜을 준비해야 한다. 그리고는 아무 글이나 마구 써야 한다. 어떤 사람이라도 두 줄 정도는 거뜬히 쓸 수 있다. 거창하지 않아도 된다. 부담을 느끼지 않는 행동이라는 사실에 초점을 맞춘다.

글을 잘 쓰지 못한다고 생각하는 사람이라면, 지금 자신의 주변에 보이는 것 중 한 가지를 골라 글로 표현하면 된다. 멋진 묘사, 풍부한 표현력 따위는 우선 접어두고 눈에 보이는 대로, 내가 아는 단어들로만 간단하게 적어본다. 이렇게 매일 쓰다보면 어느 새 한 줄이 두 줄로, 두 줄이 몇 줄로 늘어나는 것을 볼 수가 있다. 빠짐없이 꾸준히 하다보면 그것이 글 쓰는 습관으로 이어지는 것이다. 부담 없이 바로 쓸 수 있는 양만큼만 목표로 정하는 것이 가장 중요하겠다. 요즘 쉽게 접할 수 있는 SNS를 활용하는 것도 괜찮다. 카카오 스토리나 네이버 블로그, 인스타그램, 페이스북 등에 자신의 생각을 짧게 써서 올리는 것도 글을 쓰는 습관을 만들 수 있는 좋은 방법이다. 블로그만 십년, 1일 1회 포스팅이라는 작은 습관을 통해 자신감과 함께 끈기를 가지게 된 고바야시 다다아키는 이런 작은 습관을 통해 책을 출간할 수 있었다. 자신이 할 수 있는 최소한의 실천 사항을 부담 없이 꾸준히 이어왔기 때문이다.

실천사항이 작고 쉽다고 해서 우습게 보지 말아야 한다. 성공할 확률도 크고, 하루에 몇 번씩 반복할 수도 있다. 3초 호흡과 운동은 전혀 상관관계가 없는 것처럼 느껴질 지도 모르겠지만, 나의 경우를 보면 생각이 달라질 지도 모른다. 3초 동안 호흡을 들이마시고 내뱉는 단순한 동작에서 시작했지만, 그 후로 스트레칭과 요가동작이 자연스럽게 이어졌고, 지금은 호흡과 스트레칭, 그리고 요가동작이 하루를 시작하는 자연스러운 습관이 되었다. 만약 내가 하루에 30분 동안 운동을 하기로 목표를 세웠다거나, 조깅이나 헬스처럼 그럴 듯한 운동계획을 세웠더라면 아마 일찌감치 포기하고 말았을 터였다. 자신의 성향이나 건강상태를 고려하지 않고 남들이 하는 것을 그대로 따라 무리하게 목표를 세우면, 당연히 부담을 느끼게 될 것이고, 습관으로 자리잡을 수도 없다.

3초 호흡, 2~3분 요가와 같이 남들의 눈에는 아무것도 아닌 것처럼 보일 지라도, 내가 바로 실천할 수 있고, 부담을 느끼지 않는 선에서 시작했기 때문에 지금까지 꾸준히 계속할 수 있는 것이다.

자신의 삶에 대해 빅 피처를 그리라는 말을 들어본 적이 있다. 그런데 빅 피처라고 해서 장황한 실천사항들만 세우고 시작하다보면 습관으로 이어가기도 전에 포기하고 싶을 때가 많다. 빅 피처를 보고 나아가되, 항상 자신에게 맞는 작은 행동들로 시작해야 한다. 큰 고래 그림을 그리기 위해서는 전체 그림을 구상하는 것도 중요하지만, 조금씩 색을 칠해 나가야 한다는 사실도 잊어서는 안 된다. 일단 움직이지 않으면, 아무 것도 이뤄낼 수가 없다. 매일의 작은 성공을 거쳐야만 비로소 더 큰 성공에 이를 수 있는 것이다.

지그 지글러가 쓴 《시도하지 않으면 아무 것도 할 수 없다》라는 책을 읽은 기억이 난다. 여섯 살 제임스 보스틱은 학교에 가는 것을 몹

시 싫어하고 학업 성적도 형편 없었다. 밤마다 악몽에 시달리고 소리를 지를 정도가 되자 그의 어머니는 상담을 받게 된다. 그 결과, 긍정적인 사고와 존경심이 부족하다는 사실을 깨닫고 아들에게 미션을 준다. 그것은 바로 친구나 선생님에 대해 새롭게 알게 된 좋은 것들이 있으면 매일매일 엄마에게 아무리 작은 것이라도 이야기 하도록 하는 것이었다. 일 년이 지난 뒤 제임스에게는 변화가 일어났고, 학교 성적이 올라 상위권에 이르게 되었다. 학교에 가기 싫다고 떼를 쓰던 어린 소년이 금주의 학생이라는 영광스런 상을 탈 수 있었던 것은 바로 작은 실천 덕분이었다.

'1마일까지는 힘들어도 1인치는 식은 죽 먹기다'

지그 지글러의 말처럼 우리의 인생에서 좋은 습관을 길들이기 위해서는 거대한 목표를 정하고 실천하는 것보다 자신이 자주 성공할 수 있는 최소의 실천사항을 찾는 것이 더욱 중요하다. 그런 점에서 최소 습관은 분명 우리의 인생에 좋은 변화를 가져올 것이라고 확신한다.

지금, 이 자리에서 당장 실행에 옮기더라도 전혀 부담되지 않고, 뭔가 변화했다는 느낌조차 들지 않는 행동들을 찾아 꾸준히 실천하는 것. 이것이 바로 최소 습관을 들이는 방법이다. 당장이라도 삶을 통째로 바꿀 수 있을 것처럼 여겨지는 큰 목표와 실천사항들은 시간이 지나면 포기하게 될 확률이 높다. 그만큼 거부반응이 크고 부담스럽기 때문이다.

부담 없이 바로 행동에 옮길 수 있는 것들을 찾아 습관으로 길들여 보자. 시작은 미미하지만 꾸준히 실행하다보면 어느새 좋은 습관이 생겨난다.

동시에 만들 수 있는 최소 습관

한 번에 수 십 개씩 최소의 행동으로 성공하려 하지 말고,
처음에는 그저 서너 가지 정도로 시작해 보기 바란다. 의지력 비용이 적고
유동성이 높은 작은 습관 전략을 통해 좋은 습관을 만들어 보자.

앞에서도 │ 여러 번 언급한 바 있지만, 최소 습관을 만들기 위
해 맨 처음 계획하고 행동한 것이 물 마시기였다.
물 두 잔 쯤이야 간단하게 할 수 있는 행동이며, 내게는 절실하게 필요
했기에 시작하게 된 최소습관 계획이었다. 하루 두 잔의 목표는 물을
마셔야 한다는 생각만 떠오르면 자연스럽게 행동으로 옮길 수 있는
습관이다.

처음 시작했을 때는 '이렇게 조금씩 해서 언제 습관이 될까?' 라는
의구심이 가득했다. 습관이라는 것은 반드시 행동으로 실천해야 하며
규칙적으로 꾸준히 이어나가야 한다. 예전의 나도 그랬지만, 많은 사
람들이 거창하고 성과가 보이는 행동들만 습관으로서의 가치가 있다
고 생각한다. 좋은 습관인 것은 알지만 제대로 실천하자니 버겁고, 억

지로 실천하다 보면 부담을 느끼게 되며 지치게 된다. 포기하는 것이다.

'아, 난 역시 의지가 약해.'
'다른 사람들은 잘도 하는 운동을 나는 왜 못하는 거지?'
'말만 앞서는 내가 싫어.'

자신에 대한 원망과 좌절감에서 헤어 나오지 못한다. 그런데 최소 습관은 전혀 부담이 없다. 생각이 떠오르는 순간 즉시 행동으로 옮길 수 있다. 그게 끝이다. 나처럼 의지력이 바닥인 사람들에게 딱 맞는 행동전략이다. 가끔 주변 사람들이 나에게 묻는다. 그렇게 해서 무슨 성과가 있냐고.

당연히 처음에는 전혀 성과를 볼 수 없다. 뭔가를 진행하고 있다는 티조차 나지 않는다. 그럼에도 불구하고 시간이 갈수록 습관이 만들어지고, 애초에 세웠던 목표량에 비해 초과 달성도 할 수 있다. 바로 이것이 최소 습관의 가장 큰 매력이다. 21일이나 66일 혹은 100일이 지나야 습관이 될 수 있다는 책에 나오는 말들을 그대로 믿지 말고, 그냥 생활 속에서 꾸준히 실천하다보면 어느새 최소 습관이 스며들어 있다. 사람마다 습관이 몸에 배는 기간은 모두 다르므로 각자가 자신의 상황에 맞게 진행하면 된다.

물 두 잔 마시는 행동이 우습게 보일지는 모르겠지만, 자신이 정한 목표를 달성하기 위해 하루도 빠짐없이 실천했다는 생각을 하면 얼마나 뿌듯하고 자신감이 넘치는지 모른다.

제대로 된 습관 하나 가지질 못해 매번 결심과 다짐만을 반복하고 있는 사람이라면 꼭 최소 습관 프로젝트를 실천해보길 권한다. 나처럼 의지, 끈기, 지구력 없는 사람도 지금은 여러 개의 습관을 잘 길들여 건강하고 행복한 삶을 살아가고 있다.

아무 것도 하기 싫은 날이 있다. 몸이 아파서, 의욕이 없어서, 정신 없이 환경에 부대끼고 살다가 어느 순간 지쳐서 아무 것도 하기 싫을 때, 그럴 때조차 최소 습관은 힘을 발휘한다. 나는 편두통으로 머리가 아플 때에도 3초 호흡을 깊게 진행한다. 단지 3초 동안 숨을 길게 들이마시고 내뱉기만 하면 되는 것이다. 간단한 복식 호흡도 되고, 때로는 명상으로 이어지기도 하니 이보다 더 좋은 습관이 어디 있을까. 의지력이 약한 사람들의 경우 더없이 좋은 방법이다.

최소 습관 한 가지를 실천하다 보면, 자연스레 또 다른 습관을 길들이고 싶어진다.

나는 아이가 일어나기 전 아침 두 시간을 활용해 나만의 의식을 갖는다. 일어나자 양치, 물 마시기, 3초 호흡, 플러스 명상, 나의 비젼을 말하기, 드림보드의 이미지 보기, 책 두 장 읽기, 메모(감사일기, 성취, 작고 작은 질문, 긍정 감정 적기, 리스트 적기)하기, 그리고 마지막으로 요가와 푸시업을 한다. 이 모든 나만의 아침의식을 마친 후에 아침밥을 차리고, 식사준비를 하는 틈새 시간에 블로그를 운영하고 있다.

처음부터 이렇게 많은 일들을 진행할 수 있었던 것은 결코 아니다. 물 두 잔 마시기, 3초 호흡, 책 두 장 읽기, 글 두 줄 쓰기로 시작했다. 시간이 흐르면서 하나씩 추가할 수 있었고, 습관으로 굳어진 것들은 더욱 발전시킬 수 있었다.

주의해야 할 점은, 아주 작은 행동이라도 그 종류가 많아지면 부담스러워질 수 있다는 사실이다. 행동 하나하나는 아주 쉽게 달성할 수 있겠지만, 종류가 많아지면 집중력도 떨어지고 산만해져서 제대로 실천할 수 없게 될 수도 있다.

최소 습관은 언제 어디서든 할 수 있지만 경험상 규칙적으로 시간을 정해놓고 실천하는 것이 시간 활용 면에서 좋다. 4~5개의 작은 행동들을 꾸준히 실천하고, 하나씩 습관으로 자리를 잡게 되면 그 후에 추가하는 것이 좋다. 아무리 쉽고 단순한 행동들도 한 번에 여러가지를 실천해야 한다면 당연히 부담스러울 수밖에 없다. 게다가 실천행동들의 종류가 많아질수록 상당한 의지력을 가져야 하므로 처음 시작하는 단계에서는 최대 3~4개 정도의 행동을 정하는 것이 가장 적당하다고 본다.

최소 습관의 가장 큰 매력인 초과 달성 또한 그 종류가 많아질수록 달성하기 힘들어진다. 그러므로 항상 매주, 매달 실패가 있었는지 돌아보고, 혹시 조금이라도 부담이 있다면 과감하게 더 작게 수정해야 할 필요가 있다.

나는 메모하는 습관을 기르기 위해 감사일기, 긍정, 질문, 리스트, 두 줄 쓰기까지 포함을 시켰었다. 메모 자체가 하나의 최소 습관인데, 결코 작게 느껴지지 않았다. 감사일기 하나만 해도 온 정성을 기울여야 하는데, 여기에 다른 '메모'들까지 더하게 되니 정신만 산만해졌다. 감사일기에도 집중을 할 수 없었고, 나머지 메모들까지 대충 쓰게 되었다. 그래서 과감하게 비슷한 메모들끼리 하나로 묶고, 달성 목표를 더 작게 정해서 실천 중이다. 컨디션이 좋을 때나 여유가 있는 날에는 모든 최소 행동들이 가능하지만, 컨디션이 나쁘고 바쁜 일이 생길 때 여러 개의 습관을 한꺼번에 가지려 하면 거창한 목표를 가질 때처럼 부담스럽고 힘에 부치게 된다. 작은 목표, 작은 실천에 어울리는 행동으로 시작하면 좋겠다.

흔히 우리가 알고 있는 습관을 들이는 방법은, 의지력과 동기부여를 사용해 강도 높은 행동들을 실천함으로써 이루어진다. 이런 방법은 의지가 약한 사람들에게는 전혀 어울리지 않는다. 대부분 중도에 포기한다. 한 번도 등산을 해보지 않은 사람이 매일 설악산 정상까지 오르

내릴 수는 없다. 그래서 작은 행동으로 습관을 들일 필요가 있는데, 사람의 뇌가 변화에 반응하지 않을 정도로 아주 작게 시작하는 것이다. 처음에는 하나씩, 시간이 지나면서 조금씩 실천사항들을 늘여가며 행동을 규칙적으로 익혀서 습관을 만드는 방법이다. 단, 조급함은 금물이다. 마음을 편안하게 가지고, 매일 양치와 세수를 하듯이 그렇게 평생 생활로 여기며 실천하면 된다. 목표는 작게 시작하고, 대신 초과 달성을 경험하도록 하자. 최소 습관은 작은 목표를 달성하는 성취감을 느끼고, 종국에는 자신이 원하는 습관으로 굳어지게 만드는 멋진 행동 전략이다.

가랑비는 장대처럼 쏟아지는 폭우에 비하면 아무 것도 아닐지 모르겠지만, 끊임없이 내리면 자신도 모르는 새 옷이 흠뻑 젖는다. 이와 마찬가지로, 작은 행동 하나는 아무 것도 아닐지 모르겠지만, 끊임없이 실천하다 보면 어느새 습관이 되고, 이것이 삶을 바꾸게 되는 것이다.

《습관의 재발견》의 저자 스티브 기즈도 이렇게 언급한다.

'여러 개의 행동을 온전히 습관화하고 싶은데, 하나의 습관만 추구하기란 쉽지 않을 것이다. 하지만 몸에 배도록 하려면 몇 달에 걸쳐 다른 굳어진 생활들을 철저히 무시해야 한다. 이때는 상당한 자기기강을 발휘할 필요가 있다. 물론 평생 동안 지속될 습관 하나를 갖기 위해 그만한 희생을 치를 가치는 충분하지만 그래도 어려운 건 마찬가지다. 작은 습관 전략은 여러 가지를 동시에 습관으로 만드는 것을 가능하게 해준다. 의지력 비용이 적고 유동성이 높은 덕분이다.'

의지력이 바닥인 사람들도 자신에게 맞는 행동전략을 꾸준히 익힌다면 얼마든지 원하는 습관을 만들 수 있고, 초과 달성의 성취감도 느낄 수가 있다. 하나의 최소 습관을 길들이다보면 자연스레 하나 이상의 습관을 갖게 된다. 한 번에 수 십 개씩 최소의 행동으로 성공하려 하지 말고, 처음에는 그저 서너 가지 정도로 시작해 보기 바란다. 의지력 비용이 적고 유동성이 높은 작은 습관 전략을 통해 좋은 습관을 만들어 보자.

[제 5 장]

작은 습관,
이렇게
시작하세요

하루 5분,
가볍고 부담없이
습관을 만들어보자!

소중한 나의 꿈 찾기 – 작은 공부습관

아침에 일찍 일어나는 습관을 가지면 조금은 더 건강해지지 않을까.
책을 읽으면 집중도 더 잘 될 거라고 판단했다. 그 즈음 이미 최소 습관 프로젝트를
실천하고 있었던 터라 기상습관을 조금씩 당기기 시작했다.

오랜만에 │ 친한 언니의 전화를 받았다.

"수경아, 잘 지내지? 요즘도 집에서만 지내니?"

"응, 언니. 애 키우고 주말에 잠깐씩 알바로 결혼식 반주만 해요. 그나마 여름철에는 비수기라 반주도 없어서 그냥 쉬고 있죠."

"그래 언제 한 번 봐야지. 너같은 사람이 집에서만 지낸다는 건 정말 안타까운 일이야. 다음 주에 연락할게."

이 언니는 백화점 문화센터 유아놀이 프로그램 대표로, 사십대 중반에 결혼해서 아이를 낳은 대단한 여자이자 엄마다. 언니는 운이 좋게도 아이를 친정 언니가 돌봐주고 있었기에 일을 계속할 수 있었다.

전화를 끊고 지난날을 돌이켜보니, 나 또한 예전에는 아토피나 허약한 체질로 인해 잠깐씩 일을 쉬었던 적을 제외하고는 참 열심히 이, 삼십대를 살았던 것 같다. 삼십대 중반에 결혼과 임신, 다시 심해진 아토피, 출산 등 여러 상황을 겪게 되면서 일을 아예 놓게 되었다. 일을 쉬는 기간이 점점 길어질수록 자존감은 떨어졌고, 경단녀(경력단절 여성)가 되어 '언제 일을 할 수 있을까' 한숨만 늘어 갔다. 골골 대는 나의 체력도 끝이 없는 육아 속에 한계에 다다르고 있었다. 그럴 때마다 나의 미래를 걱정하는 듯한 지인들의 전화는 더욱 나를 불안하게 만들 뿐이었다.

아이가 어렸을 때에는 육아 정보를 얻고 싶어 '맘스 홀릭 베이비'란 유명 네이버 카페에 들락거렸다. 육아정보와 육아를 이유로 일을 쉬고 있는 엄마들의 고민을 나누는 카페였다. 여자들은 아이를 낳고 육아로 일을 쉬게 되면서 많은 고민을 한다. 과거에 어떤 직업에 종사했든 상관없이 대부분 같은 고민이다.

'일을 해야 하나, 아니면 계속 쉬어야 하나?'
'아이 다 키우고 나면 다시 일을 찾을 수 있을까?'

이런 내용을 접할 때마다 여자는 출산과 육아의 산을 넘으며 인생의 큰 전환점을 맞이하는 게 틀림없다는 생각이 든다. 육아를 통해 아이로부터 얻는 기쁨은 이루 말할 수 없다. 하지만 마음 한 구석에서는 자꾸만 공허함이 밀려왔다. 처음에는 그 공허함에 대한 보상심리로 모바일 쇼핑을 하기도 했다. 아이의 옷과 책을 할인 받아 구입하는 쾌락에 빠졌던 것이다. 택배 아저씨를 기다리는 게 유일한 즐거움이었다. 그것도 잠시, 값이 싸다는 이유로 마구 질러대는 내 자신을 보며 안되겠다 싶어 단호하게 쇼핑 앱을 삭제했다.

아이가 5살이 되던 해, 어린이집에 보내기 시작하면서 나만의 시간을 가질 수 있었다. 가정주부와 엄마로서의 생활에서 내 자신만을 위한 시간을 가져보기로 했다.

책장에 꽂힌 나폴레온 힐의 《놓치고 싶지 않은 나의 꿈 나의 생각》이란 책이 눈에 들어 왔다. 이, 삼십대 나에게 항상 용기와 위로가 되어 주었고, 브라이언 트레이시가 지은 《성취심리》와 더불어 보물처럼 여기던 책이었다. 그 보물 같은 책을 다시 볼 여유가 생긴 것에 기뻤다. 나의 꿈을 다이어리에 적기 시작했다. 하고 싶은 일들의 리스트도 작성하면서 틈틈이 나만의 시간을 채워갔다. 책도 읽고 계획도 짜고 생각에도 잠겼다. 집 근처 주민센터에서 문학으로 배우는 영어가 있다고 하길래 등록까지 했다.

내가 생각했던 영어회화가 아닌 실생활에도 쓰지 않는 어려운 문학 영어였던 탓에 중간에 포기했다. 또 인터넷으로 음악심리를 듣기도 했고, 나름 열심히 공부를 해보기도 했다. 언젠가 나의 재취업을 위해서. 그러나 열심히 배우고는 있지만 투자하는 시간에 비해 효율은 극히 떨어지는 듯 했다. 아이를 키우는 엄마들은 안다. 엄마의 시간은 아이의 스케줄과 함께 움직여야 하고 고무줄처럼 늘어났다 줄었다를 반복한다는 사실을 말이다. 집안일도 하면서 아이도 돌봐야 하고, 그 와중에 내 시간을 찾고 공부를 해야 한다는 것은 목표와 계획이 철저하지 않으면 어느 새 느슨해져서 결국 중도에 그만 두게 된다. 아이가 늦게 자면 엄마의 공부 시간은 그만큼 짧아지거나 하루씩 포기하게 되는 이유다.

기간이 정해져 있지 않은 공부를 할 때는 더욱 자신만의 공부 전략이 필요하다. 즉 자신에게 잘 맞는 공부 습관을 들여야 한다. 나는 주로 밤늦게까지 책을 읽고 눈꺼풀이 무거워지면 잠을 자러 갔기 때문에 다음 날 일찍 일어나지 못하는 경우가 대부분이었다. 피곤한 몸으로 아이를 등원시키고 남는 시간에 잠을 보충하든지, 아니면 집안일을 하든지, 혹은 가끔씩 아이의 친구 엄마들을 만나 점심을 먹기도 한다. 그렇게 시간을 보내고 나면, 아이가 유치원에서 돌아올 즈음에는 조바심이 났다. 그런 날들이 반복되자 또 다시 회의가 들었다.

'남는 시간에 책도 읽고 뭔가 하나라도 열심히 배우겠다고 결심했었는데……'

학창 시절, 공부를 잘하는 아이들은 집중도 잘했고, 시간활용도 철저했으며, 그와 더불어 자신만의 공부 습관이 가지고 있었다. 이 생각이 떠오르자 나만의 시간을 밤에서 아침으로 바꿔보기로 했다. 가뜩이나 밤늦게 자는 습관으로 건강과 체력이 더 나빠지고 있는데, 아침에 일찍 일어나는 습관을 가지면 조금은 더 건강해지지 않을까. 그리고 아침 새 소리를 들으며 책을 읽으면 집중도 더 잘 될 거라고 판단했다. 그 즈음 이미 최소 습관 프로젝트를 실천하고 있었던 터라 기상습관을 조금씩 당기기 시작했다. 아침 9시에 일어나던 내가 5시 혹은 6시 즈음에 일어나고 보니 아침이 한결 여유로워졌다. 문제는 아침시간을 무엇으로 어떻게 채울 것인가 하는 것이었다. 하루를 어떻게 열 것인가.

내가 만든 아침 습관의 순서는 이렇다.

첫 번째, 공부는 '나를 아는 것'이 중요하다고 생각했기 때문에 먼저 가만히 앉아서 눈을 감고 명상을 했다. 명상은 깊은 호흡 속에 나의 생각을 물어보기도 하고 때론 가만히 놔두기도 한다. 내가 무엇을 좋아하는지, 어떤 미래를 원하는지, 어떻게 할 때 기분이 좋은지 등등 물어 본다. 지금은 명상시간이 10분에서 20분으로 늘어났지만 처음에는 고작 2분에서 시작했다. 나의 뇌가 부담을 느끼지 않는 최소 시간이었다. 명상 시간은 자신에게 맞는 최소 시간을 찾는 것이 좋다.

두 번째, 명상하며 떠오르는 생각을 노트에 5분 동안 적기 시작했다. 오늘의 To do list, 성취 일지, 미래소원 일기, 감사 일기를 적으면서 마음의 평온을 찾기 시작했다.

세 번째, 책 한 꼭지 읽기. 이것도 처음에는 두 장으로 시작했다. 내가 마음에 드는 책부터 골라 읽었다. 가격에 비해 사람을 성장시키는 효용가치가 가장 큰 것이 바로 책이 아닐까. 책을 읽는 방법에 관한 최소 습관은 뒤에서 따로 다루기로 하자. 아무튼 그렇게 아침마다 책을 읽었더니 간혹 좋은 글귀를 적고 싶다는 생각까지 들게 되었다.

네 번째, 책에 나온 좋은 글 적기 5분, 거기에 나의 생각도 함께 적어 보기 3분. 나의 생각을 적는 습관을 가지면 글을 쓸 때나 혹은 서평 등을 남길 때 많은 도움이 된다. 짧게 한 줄을 남기는 것에서 시작해보자.

다섯 번째, 나의 드림보드의 이미지를 상상하며 내가 되고 싶은 목표를 말하기 1분. 나의 미래를 생생히 그려보는 효과가 있으며, 지금이 시간을 알차게 보내리라 다짐하게 된다.

마지막으로 스트레칭과 간단한 요가 3분.

이렇게 아침마다 나만의 시간을 갖고 있다. 거창하게 보일 수도 있겠지만, 마음 가는 대로 시간을 늘릴 수도 줄일 수도 있는 간단한 행동들이다. 종류도 상황에 따라 줄이거나 추가할 수 있다. 다시 한 번 강조하지만, 최소 습관의 핵심은 부담없이 지속적으로 계속한다는데 있다. 아주 적은 시간, 작은 움직임으로 모든 걸 다양하게 만들 수 있는 습관 전략이다. 요즘 나의 공부 시간은 하루 2시간이 조금 넘는다. 그러나 바쁠 때는 10분 내에도 가능하다. 때로는 타이머를 사용해서 시간을 관리해주면 효과와 집중이 배가 되기도 한다.

그 동안 나의 내면이 조금씩 단단해졌고, 내가 어떤 사람이 되어야 하는지 소명을 찾을 수도 있었다. 또한 조금씩 삶의 활기를 찾았고, 사

나만의 노트

람들과의 관계도 적극적으로 변해가고 있다. 마음에 드는 강연을 직접 찾아가 듣기도 한다. 책 읽는 요령도 생겼다. 글을 요약하는 것에서 이제는 나의 생각을 적는 것으로 발전했다. 이렇게 조금씩 성장하고 있다. 이 모든 것이 작은 공부 습관으로 가능하게 된 일이다.

미국의 소설가 오리슨 스웨트 마든은 습관의 무서움에 대해 다음과 같이 이야기했다.

"습관이 만들어질 때는 눈에 보이지 않은 실과 같지만 그 행동을 반복할 때마다 그 끈이 차츰 강화되고 ,거기에 또 한 가닥씩 더해지면 마침내 굵은 밧줄이 된다. 습관은 우리의 사고와 행동을 돌이킬 수 없게 만든다."

보이지 않은 실도 반복적으로 매듭을 지으면 끈이 된다. 그 끈이 계속 강화되면서 단단한 밧줄의 습관이 되듯이 우리도 바쁜 시간 속에 몇 분만 투자해보자. 책을 읽고, 나를 돌아보고, 짧은 글을 적어보자. 두렵지 않게 작은 행동으로 시작하자. 그 끝은 단단한 밧줄의 멋진 습관으로 만들어 질 것이다. 그 단단한 밧줄은 경력단절 엄마들에게 또 하나의 희망이 될 것이다. 최소의 공부 습관은 나를 성장시키고 행복한 엄마로 만들어 주는 최고의 열매가 된다.

엄마보다 아내보다 "내"가 되기

조금씩이라도 자신만의 시간을 내어 오롯이 나를 위한 시간을 가져보자.
목표에 초점을 맞추고 한 걸음씩 나아가기만 하면 된다. 누구의 아내, 누구의 엄마가 아닌
진짜 "나"로 살아갈 수 있다.

'철썩이는 ┃ 파도 사이로 햇빛이 뿌린 금가루들이 반짝인다. 깔깔대는 아이의 웃음소리, 그 뒤로 개 두 마리가 신나게 달려온다. 아이는 아빠랑 서로서로 물장난을 치며 도망간다. 시원한 바닷바람에 나의 머리칼이 뺨을 간지럽힌다. 나는 손을 뻗어 동그란 테이블 위에 놓여진 투명한 칵테일 잔을 든다. 얼음과 함께 부딪히는 잔소리는 언제 들어도 유쾌하다. 시원한 칵테일을 한 모금 마시며 책장을 넘긴다. 책 사이로 비치는 햇살이 너무 따사롭다. '

위의 내용은 요즘 내가 항상 꿈꾸는 '나의 여유로운 생활'의 일부이다. 나는 매일 아침 드림보드의 사진을 보면서 마음속으로 짧은 미래 여행을 떠난다. 언제나 비키니 입은 멋진 몸매의 내가 칵테일을 마

시면서 책을 읽고 있고 가족들을 향해 미소 짓고 있다.

결혼하기 전에는 내가 무엇이 되겠다는 생각보다는 남들이 하는 게 좋아보여서, 아니면 돈벌이가 되고 그나마 적성에 맞으니 직업을 택했다. 내가 선택한 직업으로 계속 살다보면 그것이 나의 모든 것을 결정 짓게 될 줄 알았다. 남들보다 크게 튀지도 않고 무난하게, 사고 싶은 것 사고, 먹고 싶은 것 먹으면서 사는 것이 최고의 인생이라고 생각했다. 나보다 멋진 직업을 갖고 돈을 많이 벌며 여유롭게 사는 사람들을 부러워하며, 그렇게 살기 위해 열심히 노력하는 삶이 '내가 되고 싶은 그 무엇' 인 줄 알았다. 나는 막연히 잘 살고 싶었고, 성공하고 싶다고만 생각했지, 구체적인 삶의 목표나 미래에 대한 선명한 이미지가 없었던 것 같다. 나를 중심에 두지 못한 채 다른 사람들이나 주변 환경에만 촉각을 곤두세우고 아무런 가치관 없이 남들을 따라 살아가고 있었다. 혹시나 엄마가 되면 달라질까 기대했던 마음조차 육아에 지쳐 사라져버리고 말았다.

모치즈키 도시타카의 《보물지도》라는 책을 읽었다. 나만의 보물을 만들고 싶다고 생각하고 내가 되고 싶고, 갖고 싶고, 원하는 꿈들을 시각화하기 시작했다. 좋은 엄마가 되는 것, 가족과 함께 여행을 다니는 것, 휴양지 바닷가에서 책을 읽으며 한껏 여유를 부리는 것, 레인보우

빌딩을 지어 엄마들의 일자리를 만들어 주고 그 엄마들의 아이를 맡아서 교육하는 것, 내 이름으로 책을 내는 것, 정원이 딸린 집에서 사는 것 등의 내용을 드림보드에 붙였다. 보는 것만으로도 이미 모두 이루었다는 희열감이 들었다.

아이를 키우면서 정신없이 살아가고 있을 때에는 '저런 건 다 쓸모없는 짓이야, 육아가 얼마나 힘든데 어떻게 저런 꿈같은 일들을 이루며 살겠어.' 하며 오히려 화가 나기도 했다.

어떤 때는 육아 우울증과 함께 시댁과 남편의 서운함이 한꺼번에 밀려오면서 내 자신이 한없이 초라하게 느껴지기도 했다. 드림보드에는 정말 행복한 내가 있는데 현실은 도저히 그럴 수 없다는 불안감에 휩싸여 드림보드를 떼어 쓰레기통에 올려놨었다. 퇴근한 남편이 드림보드를 다시 벽에 걸어 주었다. 남편 덕에 지금까지 드림보드를 보며 미래여행을 떠날 수 있음에 감사한다.

언젠가 아토피에 유산균이 좋다고 해서 A유산균을 주문했는데 네트워크 교육을 받는 분이 직접 유산균을 전해주러 왔다. 그리고는 나의 드림리스트를 보더니 한 가지 조언을 해 주었다. 드림리스트에 날짜가 빠졌다며 반드시 날짜를 기입해야 한다고 했다. 나는 그분의 말대로 드림리스트에 일일이 달성 날짜를 기입했고, 그 때부터는 드림보드에 훨씬 더 에너지가 생기면서 구체적으로 이룰 행동들을 계획하게 되었다. 나의 미래 여행에 가치, 소명, 나와의 대화, 목표의 기한 설정,

전략 등이 꿈으로 나아가는데 중요한 역할을 할수있음을 알 수 있었다. 문제는 시간이었다. 엄마로서, 아내로서 나만의 시간을 내기란 결코 쉽지 않았다. 아이의 식사를 준비하기 위해 3분 만에 후루룩 컵라면을 먹고 있는 나에게 나만의 시간을 갖는다는 것은 어불성설이었다.

전 세계적으로 베스트셀러를 기록한 《영혼을 위한 닭고기 수프》의 공저자 마크 빅터 한센은 1947년에 자신만의 TV쇼를 갖고 싶다는 목표를 종이에 적었다. 무일푼이던 그는 모 TV 방송국의 연출자로부터 그의 이름으로 된 프로그램을 만들고 싶다는 제안을 받게 된다. 목표를 적은지 9년 만의 일이었다. 그는 한시도 목표를 잊지 않았고 실현되리라는 확신으로 기다렸다고 한다. 이 내용을 보는 순간 나는 그 어떤 변명도 할 수 없을 것 같았다. 목표로부터 눈을 떼지 않고 한 걸음씩 꾸준히 나아가기만 하면 된다는 사실. 9년이란 긴 시간 동안에도 목표를 잊지 않고 확신을 가지고 살아가는데, 나라고 못할 이유가 없을 것 같았다. 조금씩이라도 나만의 시간을 내어 오롯이 나를 위한 시간으로 만들어보자.

새벽과 저녁은 나와 만나는 최적의 시간이며 나의 꿈을 실현시킬 수 있도록 한 걸음 나아가는 시간이기도 한다. 나는 그 시간에 주로 작은 습관처럼 행복, 감사, 미래일기, 호흡, 명상, 독서, 운동, 확언, 작은 질문, 생각 등으로 나를 성장시키고 있으며, 저녁에는 글쓰기로 나를 단단하게 키우고 있다.

어떤 사람들은 욕심이 너무 많은 것 아니냐, 습관으로 되지도 못하겠다고 걱정을 한다. 작은 습관은 최소의 행동으로 습관을 만드는 것이므로 이 모든 일들을 각각 1~2분 만에 끝내도 되고, 아니면 단 한 줄만 해도 되는 부담 없는 행동 전략이다. 생각날 때마다 자주 하면 되니 목표에서 멀어질 리가 없다. 아침에 아이가 잠에서 깨어나기 전, 그리고 유치원에서 돌아와서 간식을 먹을 때, 아이가 문화센터에서 교육을 받고 있을 때, 유치원에 갔을 때 등 이 모든 틈새시간을 찾아내어 최소 습관을 반복한다. 그렇게 하면 오늘 하루가 누구의 아내, 누구의 엄마도 아닌 온전한 "나"로 살 수 있다. 최소습관을 익히다보면 1분도 충분히 긴 시간이며, 시간이란 것이 얼마나 소중한 것인지, 얼마나 나를 위해 사용할 수 있는지 깨달을 수 있게 된다. 마치 집안 곳곳에 숨겨져 있는 보물을 찾는 것처럼 나를 위해 살고, 나를 위해 행동하고, 나를 위해 꿈꾸는 시간들을 발견할 수 있는 것이다. 가끔 설거지 할 그릇들을 쌓아놓는다. 여름에는 파리 때문에 그럴 수 없지만 가끔 나의 시간을 좀 더 갖기 위해 설거지할 그릇들을 쌓아 두는 것도 나쁘지 않다고 본다. 그 시간에 수다를 떨고 시간을 낭비하는 거라면 게으른 주부로 낙인찍히겠지만, 책을 읽고 사색하며 운동하는 것 등으로 시간을 활용한다면 설거지쯤은 가끔 몰아서 하는 것도 나쁘지 않다.

《보물지도》의 저자도 이렇게 말한다.

'보물지도를 만들고 그것을 바라보는 일은 인생의 우선순위를 메모하고 꼭 필요할 때에 가르쳐 주는 유능한 코치나 매니저를 고용하는 것과 같습니다. 인생의 중요한 일을 찾아내어 나의 보물지도에 담으십시오. 시작은 미비하였으나 그 끝은 창대하리라는 말을 항상 기억하십시오.'

나만의 드림리스트인 보물지도를 보며 미래여행을 하는 것은 어떤 사람이 될 것인지, 어떤 가치있는 사람이 되며 무엇을 이루고 싶은지 더 가까이 생생하게 만드는 방법이다. 어떤 사람이 될 것인가 하는 것은 그 사람이 하루의 시간을 어떻게 활용하고 있는가를 보면 알 수 있다. 꾸준히 뭔가를 반복하고 있다면 그것은 습관을 가지고 있다는 말이며, 바로 이 습관이 그 사람을 만드는 것이고 그 사람의 인생을 만드는 것이라고 본다. 나는 오늘도 최소습관으로 1년 뒤, 3년 뒤, 5년 뒤의 보물을 찾기 위해 행동한다. 조금도 힘들지 않다.

조금씩이라도 자신만의 시간을 내어 오롯이 나를 위한 시간을 가져보자. 목표에 초점을 맞추고 한 걸음씩 나아가기만 하면 된다. 누구의 아내, 누구의 엄마가 아닌 진짜 "나"로 살아갈 수 있다. 집안 곳곳에 숨겨져 있는 보물을 찾는 것처럼, 나를 위해 살고 나를 위해 행동하고,

나를 위해 꿈꾸는 시간들을 찾아보자. 최소습관으로 1년 뒤, 3년 뒤, 5년 뒤 나의 보물을 찾아보자. 마음속의 짧은 미래 여행, 나만을 위한 여행을 떠나보는 것도 괜찮지 않을까.

03

하루 5분 독서습관

하루 5분, 하루 두 장의 독서는 가볍고 부담이 없어 습관으로 만들기에 좋다.
하루 한 권을 읽으라고 하면 포기하기 쉽다.
가벼운 마음으로 시작할 수 있는 5분의 독서로 습관을 가져보자.

나는 외출 할 때 꼭 들고 나가는 것이 있다. 노트와 책이다. 누 군가를 만날 때에도, 만나지 않을 때에도 나의 가방 속에 는 항상 책이 한 두 권 들어 있다. 그런 나를 보고 언니와 친구들은 놀 려대기 바쁘다.

"왜 그렇게 무겁게 들고 다니니? 어깨 내려앉겠다."
"책을 들고 다니면 읽을 수나 있냐?"

사실 아이를 데리고 다니면서 아이 짐과 책까지 들고 다니면 여간 성가신 게 아니다. 그럼에도 불구하고 책을 들고 다니는 것은 책이 가 진 힘과 가치를 잘 알기 때문이다. 취미가 독서이기도 하지만 책을 수

집하는 것도 즐긴다. 되돌아보면 힘들 때 언제나 위로와 용기를 준 것이 바로 책이다. 친구들로부터도 위로와 격려를 많이 받았지만, 내가 힘들 때 가장 큰 힘을 준 것은 언제나 책이었다. 나는 다섯 살 때부터 아토피라는 피부질환을 앓아왔다. 그 때는 지금처럼 아토피라는 질환이 흔하지 않았던 탓인지, 내 피부를 보고 한 마디씩 하는 사람들로 인해 내성적인 성격이 더욱 심해지기도 했다. 사춘기 때에도, 사회에 나와서도, 임신을 했을 때에도 아토피는 심하게 나를 괴롭혔다. 특히 이십대에 재발된 아토피는 엄청 심했다. 후유증으로 백내장까지 생겼으니 말이다. 온 몸과 얼굴에 짓무른 상처로 바깥 출입조차 하지 못하고 있던 시기에 유일하게 내 곁을 지켜준 친구가 바로 책이었다. 집안 형편이 어려워졌을 때 위로가 되어 준 것도 책이었다. 그 때 만난 책이 브라이언 트레이시의 《성취심리》와 나폴레온 힐의 《놓치고 싶지 않은 나의 꿈 나의 인생》이었다. 그 때부터 책과 사랑에 빠졌다. 시간이 날 때면 항상 서점으로 가서 책 속에 빠졌다.

결혼 후, 출산과 육아로 인해 모든 것이 변해버렸다. 내 마음대로 할 수 있는 것은 아무 것도 없었고 체력이 약한 나는 자꾸 우울해져 갔다. 자존감은 낮아질 대로 낮아졌고, 책을 읽고 싶은 마음조차 사라져 버렸다. 차라리 그냥 잠을 자는 편이 훨씬 낫다고 생각했다.

아이가 다섯 살이 되던 해, 어린이집에 보내게 되자 나만의 시간이 생겼고, 그 때부터 다시 책을 읽기 시작했던 것이다. 경단녀인 나의 인생에 희망의 끈을 찾고 싶었다. 나폴레온 힐의《놓치고 싶지 않는 나의 꿈 나의 인생》에 나오는 "신념은 나를 절망에서 끌어내주는 마법의 약이다" 라는 말을 새기며 인생의 꿈을 다시 그리기 시작했다. 그 때부터 책을 사 모으며 닥치는 대로 읽었다. 엄마의 시간은 변동이 많았다. 책을 읽을 때도 있었지만, 읽지 못할 때가 훨씬 더 많았다. 독서 시간을 확보하는 것이 쉽지만은 않았다.

이렇게 불규칙적으로 읽으니 차라리 짧은 시간이라도 몰입해서 규칙적으로 읽는 것이 낫다고 생각했다. 책을 많이, 그리고 빨리 읽고 싶어서 속독법도 익혀봤다. 속독을 위한 훈련과정이 너무 길었다. 훈련 시간만 한 시간을 할애해야 했기 때문에 다른 공부를 병행할 수 없었다. 결국 내가 깨달은 것은, 책을 얼마나 빨리 읽느냐 하는 것은 전혀 중요하지 않다는 사실이었다. 자신에게 맞는 독서를 하면 된다. 규칙적으로 꾸준하게 읽는 것이 중요하다.

책을 읽는 것도 얼마든지 최소 습관으로 만들 수 있다. 나는 아침에 두 장 읽기, 때로는 한 꼭지를 읽기도 한다. 매일 빠짐없이 읽고 있다. 이렇게 목표를 작게 세우면 하루하루 목표를 달성했다는 성취감도 크다. 많이 읽지 않아도 좋다. 책을 처음 읽는 사람은 부담 없게 한 장부터 시작해도 된다. 최소 한 장을 읽더라도 꾸준하게 읽기만 하면 시간이 지날수록 책을 읽는 습관이 자연스럽게 자리잡게 되고, 그 때부터 읽는 양을 늘려가도 된다. 책의 분량으로 목표를 정하지 않고 독서시간으로 목표를 정할 수도 있다. 매일 아침 5분 동안 책을 읽겠다는 것도 아주 좋은 목표가 되는 것이다. 적은 시간을 투자해 독서습관을 들이는 것만큼 훌륭한 시간 관리도 없는 듯하다. 독서가 습관이 되면 언제 어디서든 자투리 시간에 책을 볼 수 있고, 혹여 약속시간에 상대방이 늦게 오더라도 짜증이 나지 않는다.

시장을 갈 때도, 약속 장소에 갈 때도. 지하철을 탈 때도 모두가 책을 읽을 수 있는 좋은 기회가 된다. 아침에는 주로 나의 내면과 마음을 행복하게 하는 책을 읽고, 그 외에는 최신 경향에 맞는 책을 주로 읽는다. 때로는 성공한 사람들의 이야기나, 육아서를 읽기도 한다. 저녁에는 손에 잡히면 읽는다. 한 권의 책을 지속적으로 읽기도 하고, 여러 다양한 책을 골고루 읽기도 한다. 읽으면 읽을수록 속도는 빨라진다. 처음부터 무리하게 많은 양을 읽으려고 애쓸 필요가 없다. 부담 없이 적은 분량이라도 매일 꾸준하게 읽는 것이 독서습관을 길들일 수 있는 최선의 방법이다.

성공한 사람들의 습관은 대부분 독서다. 벼랑 끝에서 다시 일어선 대부분의 사람들도 독서를 중요시한다. 한 분야에서 뚜렷한 성과를 내는 사람들의 공통점도 손에서 책을 놓지 않는다는 사실이다.

《궁하면 변하고 변하면 통한다》의 저자인 김중근 작가는 이렇게 말했다.

"행동의 미학, 작은 행동들이 모여 큰 결과를 이루어낼 때 이보다 더 적절한 표현이 있을까. 우리는 작은 행동이 어떤 목표를 향해 지속되기만 하면 어떤 분야에서건 놀랄 만큼의 큰 결과를 불러올 수 있다는 것을 안다, 돈이 그렇고, 건강이 그렇고, 시간이 그렇다."

하루 5분, 하루 두 장의 독서는 가볍고 부담이 없다. 습관으로 만들기에 안성맞춤이다. 시작은 작지만 꾸준히 반복한다면 인생을 변화시키는 강력한 힘이 될 것이다.

책을 읽으면서 간접 경험들을 통해 나의 생각의 깊이나, 꿈의 방향, 목표, 용기 등 모든 것을 성장시킬 수 있었다. 과거의 내가 불규칙적으로 책을 읽고, 또 읽는 것만으로 그쳤다면 지금의 나는 원하는 부분을 선택해서 읽기도 하고, 읽은 내용을 하나씩 행동으로 옮기기도 한다. 인생의 변화가 시작되었다. 많이 읽으면 글을 쓰고 싶은 욕구까지 생긴다. 이제는 독자에서 저자로 새로운 도전을 시작했다.

언제 어디서나 책을 읽고, 집안 여기저기 책이 놓여 있으니 딸도 자연스럽게 책을 좋아하며 읽어달라고 한다. 책을 읽으라고 다그치거나 억지로 권할 필요가 전혀 없다.

독서는 다른 사람들에게도 좋은 영향을 미친다. 몇 달 전 언니가 허리 시술을 받고 몸이 안 좋아 병가를 내고 우리 집에 머무른 적이 있었다. 언니의 몰골은 말이 아니었고 사람들과의 관계가 힘들어진 상태라 심신이 약해져 있었다. 그 때 내가 《감사일기의 힘》과 《365 Thank you》라는 책을 읽으라고 권해 주었다. 언니는 틈틈이 읽고 생각했으며, 다른 책들도 계속 읽더니 예전의 밝은 모습으로 돌아오게 되었고 건강도 되찾을 수 있었다.

독서는 인생을 바꾸고, 용기와 힘을 주며, 가슴 뛰는 삶을 살게 해준다. 5분이 10분, 1시간이 될 것이며, 한 장에서 한 권을 읽는 기쁨을 만끽하게 될 것이다.

미국 제26대 대통령 시어도어 루스벨트는 이렇게 말했다.

"사람들은 죽어도 책은 결코 죽지 않는다. 어떤 힘도 기억을 제거할 수 없다. 책은 무기다."

특별한 존재로 변신시켜줄 자신만의 무기가 있는가? 만약 없다면 책을 권한다. 책을 읽어 자신만의 무기를 만들면 된다. 경단녀로 불안한 나의 미래에 빛을 밝혀주는 힘은 바로 책이다.

　하루 5분, 하루 두 장의 독서는 가볍고 부담이 없어 습관으로 만들기에 좋다. 하루 한 권을 읽으라고 하면 포기하기 쉽다. 가벼운 마음으로 시작할 수 있는 5분의 독서로 습관을 가져보자. 시작은 미흡하지만 끝의 힘은 어마어마할 것이다. 위로와 힘을 주며 조금씩 성장하고 변화하는 나를 만날 것이다. 5분, 최소 독서습관의 기적을 만나보자.

나만의 책장

행운을 가져오는 감사습관

아주 작은 감사습관을 가져 보자.
행복한 엄마가 행복한 아이를 만든다. 감사하는 엄마가 감사할 줄 아는 아이를 만든다.
최소의 감사습관으로 행복한 엄마가 되어보자.

나는 어릴 적부터 심한 아토피로 항상 예민하고 부정적 성향이 강했다. 학교에 가는 것도 싫고 귀찮았으며, 운동을 하는 것도 싫었고, 다른 사람들이 모두 내 얘기만 하는 것처럼 느껴져서 사람들과의 관계도 원활하지 않았다. 성인이 되면서 좋은 책과 긍정적인 사람들과의 만남으로 많이 변하긴 했지만, 여전히 내 잠재의식 속에는 부정, 근심, 불안의 감정들이 자리 잡고 있었다. 친구들은 나를 스머프라는 만화영화에 나오는 투덜이라고 놀렸으며, 남편도 연애시절에 나를 부정의 화신이라고 말하곤 했다. 근심과 걱정, 미래에 대한 불안, 신체적 감정적 나약함, 예민함 등 세상 모든 부정적인 감정들은 내가 다 가지고 있는 듯 했다학창시절, 비가 오는 어느 날 아침, 나는 비가 온다며 투덜댔었다. 짜증이 올라오면서 연습해야할 피아노 악보를 가득 안고 우산을 들고 나갔다. 머피의 법칙인지 택시가 지나가면서 나의 바지에 물을 튕겼다. 마음 속에서 짜증은 있는 대로 올라왔고, 신고 있던 구두의 통굽까지 삐그덕 거리며 넘어지고 말았다. 손에 쥐고 있던 우산과 악보는 버스 정류장에 다 흩어지고 땅바닥에 엉덩방아를 찧었다. 지금 돌이켜봐도 이렇게 안 좋은 기억들만 가득 남아 있다. 나도 인생 한번 행복하게 살아보자고 결심한 후부터 긍정, 습관, 행복, 심리학 등 여러 종류의 책을 읽기도 해봤지만 그 때 뿐이었다. 지금 책장의 거의 절반이 이런 종류의 책이니 내가 그 당시 얼마나 삶을 바꾸고 싶었는지 절박했던 심정을 알 수 있을 것이다.

물론 예외도 있겠지만, 출산과 육아를 거치면서 대부분의 여자들은 한 번씩 우울증에 걸린다고 한다. 나도 예외는 아니었다. 육아는 세상 무엇보다 힘들고 고된 일이었으며, 나의 체력으로 감당하기에는 너무나 고된 일상이었다. 다른 엄마들과 비교하면서 스스로 비관하기도 하고, 내 뜻대로 따라주지 않는 아이에게 짜증을 내기도 했다. 아이를 키우는 엄마라면 으레 다른 엄마들과 친해질 법도 한데 나는 그런 만남조차 버겁게 느껴졌다. 한 마디로 지칠 대로 지쳤던 것이다. 밥맛도 떨어지고 의욕도 상실했다. 늦게 퇴근해서 집에 들어오기가 무섭게 곯아 떨어지는 남편이 곱게 보일 리 없었다. 하루에도 몇 번씩 변덕스런 감정을 부여잡았던 나는 아이가 다섯 살 되던 해, 어린이집을 보내면서부터 나만의 시간을 조금씩 갖기 시작했다. 그리고 블로그를 시작하면서 관심 분야를 키워가기도 했다. 간혹 블로그 이웃들의 감사 일기를 보면서 따라 적기도 했는데 지난 1월, 우연히 '햇살같은 꿈' 이라는 닉네임을 가진 이웃의 이벤트에서 《감사일기의 힘》이란 책이 당첨되었다. 작가가 직접 쓴 편지와 예쁜 포장으로 두 권을 보내 주셨다. 그 한 권의 책이 지금 나의 최소 감사습관이 될 줄 누가 알았을까?

많은 사람들이 감사 일기를 쓰고 있다. 쓰면 이루어진다는 말을 많이 하지만 나는 흘려 들었다. 가끔씩 감사 일기를 쓰면서도 '뭐야 아무 일도 일어나지 않잖아?' 라고 불평하기 일쑤였다.

책을 읽던 중, '감사는 결국 훈련이고 습관이다' 라는 말이 눈에 들어왔다.

'아! 감사도 꾸준한 연습이 필요한 것이구나.'

최소 습관을 실행하고 있던 중 감사도 습관이라는 사실을 알게 되었으니 연습만 하면 되겠다는 생각이 들었다. 그런데, 적기만 한다고 감사하는 마음이 생길까 라는 의구심이 생겼다. 최소 운동습관도 기껏해야 3초 호흡으로 시작해서 요가까지 이어지지 않는가. 속는 셈 치고 실행에 옮기기로 했다.

먼저 예쁜 노트부터 구입했다. 거창하게 계획을 하고 결과에 탄식하며 괴로워할 필요 없이, 감사하는 일을 짧게 일기로 적는 것이니 아무런 부담이 없었다. 하루 일과가 끝나면 두 세 개의 감사 일기를 적었다. 아주 간단하고 쉬웠다. 하루를 되돌아볼 수도 있고, 가족에게 감사할 수 있었으며, 나의 감정도 들여다 볼 수 있었고, 주변 사람들까지 하나하나 챙겨볼 수 있었다.

부담 없이 적는 두 세 개의 감사 일기는 금방 다섯 개를 넘었고, 지금은 감사 일기와 미래 감사일기로 나눠 적고 있다. 감사 일기를 적는 습관은 사물을 바라보는 나의 태도를 조금씩 바꾸어 놓았다. 물질적인 것에만 감사하던 마음이 소소한 일상까지 돌아보게 만들었고, 보이지 않는 세상과 아이의 마음까지 모든 것이 내 삶에 들어왔다.

누군가에게 감사를 전하고 싶은 마음까지 들어 가끔씩 감사카드도 쓴다. 다른 사람에게 선행하고 싶은 마음까지도 우러나게 만들었다. 예전에는 싫은 사람을 만나면 표정에 전부 드러냈었다. 그러나 지금은 누구를 만나든 장점부터 찾고자 하니 예전만큼 사람이 싫지 않았다. 설령 싫은 마음이 들더라도 장점을 찾아 적다보면 어느새 호감을 갖게 되기도 한다. 게다가 미래에 이루고 싶은 일들을 미리 감사하는 미래 감사 일기는 나의 마음에 열정을 넣어 주고 있다.

몇 줄의 감사일기가 감사하는 습관을 만들고, 감사의 행동으로 나

직접 만든 감사카드

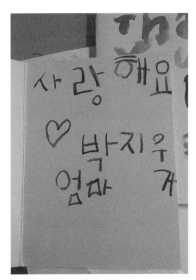

아이가 엄마에게 보낸 감사카드

엄마가 아이에게 보낸 감사카드

아가고 있음을 알 수 있다. 최소 감사 일기는 종이와 펜, 그리고 1분 정도의 시간만 있으면 실천할 수 있는 좋은 방법이다.

유치원에서 돌아온 딸의 표정이 심상치 않았다. 정리 정돈을 잘 하지 않았다는 이유로 약속을 지키지 않는 아이라는 말을 들었다고 한다. 선생님이 밉다며 난리다. 예전 같았으면 이 말을 들은 즉시 온 몸을 부르르 떨었을지 모른다. 딸에게 말했다.

"우리, 선생님한테 감사카드 적을까?"

딸과 함께 카드를 적는 동안 나의 마음도, 딸의 마음도 한결 편안해졌다. 아마 카드를 받는 선생님의 마음도 분명 따뜻해질 것이다.

이렇게 조금씩 마음의 중심이 잡혀가는 것 같다.

"선생님에 대한 미움이 감사카드를 만들면서 감사로 바꿀 수 있어서 감사합니다."

"이런 상황에 지혜로움을 나타내어 조금씩 성장한 엄마가 되어 감사합니다"

《감사일기의 힘》의 저자 애나 김은 우리 삶에서 결과가 아닌 과정이 행복이듯 감사도 마찬가지라고 한다. 이루어졌기 때문이 아니라 시작할 수 있기에, 행복하기 때문에 감사한 것이 아니라 감사하기 때문에 행복하게 된다는 것이다. 지금 당장 시작할 수 있는 최소의 감사습관으로 넘치는 감사함을 만들어 보자. 이 글을 쓰면서도 나는 최소 감사습관이 나에게 얼마나 큰 행복과 감사함으로 다시 돌아온 것인지 새삼 깨닫고 있다. 이벤트에 당첨도 되고 사람들에게 도움을 받기도 하고, 생각지도 않는 용돈이 들어오기도 한다. 일상에서 감사함을 찾을수록 더 많은 감사할 일들이 일어난다.

'손 안에 얼마나 많은 것을 쥐었는지는 그대의 행복과 아무 관계가 없다. 그대 마음속에 감사가 없다면 그대는 파멸의 노를 짓고 있는 것이다. 다른 공부보다 먼저 감사할 줄 아는 방법부터 배워라. 감사의 기술을 배울 때 그대는 비로소 행복해진다.' - 제임스 깁슨 -

근심과 걱정, 미래에 대한 불안, 신체적 감정적 나약함, 예민함, 모든 부정적인 감정들을 갖고 있던 내가 아주 작은 감사습관을 시작하면서부터 내면이 단단해지고 많은 감사를 되돌려 받고 있다.

아주 작은 감사습관을 가져 보자. 행복한 엄마가 행복한 아이를 만든다. 감사하는 엄마가 감사할 줄 아는 아이를 만든다. 최소의 감사습관으로 행복한 엄마가 되어보자.

경제적 자유로 가는 저축습관

작은 저축 습관이 조금씩 자리 잡으면 돈의 소중함은 자연스레 생기게 된다.
그리고 더 큰 저축도 가능하다는 자신감도 갖게 된다.
부담이 되면 언제든지 더 작게 시작할 수 있고, 자신감이 붙으면 더 크게 시작해도 되니
실패할 가능성이 없는 습관이다.

지인의 집에 들렀던 적이 있다. 거기서 깜짝 놀란 이야기를 들었다. 지인이 남편 몰래 비자금을 1억이나 모았다고 한다. 아무리 열심히 돈을 모아도 1억이란 큰 돈을 모으기란 결코 쉽지 않았을텐데, 그 방법이 궁금해졌다. 지인의 대답은 너무나 간단했다.

"아끼고 저축하라."

지인은 기본적으로 빚이 없는 아파트에 살고 있어서 더 많이 돈을 모을 수 있었겠지만, 어쨌든 요점은 아끼고 저축해서 종자돈을 만들고, 모으고, 또 그 돈을 불리라는 것이었다. 따로 투자를 하지 않고 순전히 모으기만 한 돈이라면 정말 엄청난 금액이었다. 기본은 저축에

있음을 알 수 있었다.

오리슨 S.마든의 《부의 지혜》라는 책에서도 금전 관리법을 익히고 생활비 사용 방법을 배우는 것만큼 성공에 도움이 되는 일은 없다고 했다. 그리고 돈을 현명하게 쓰기 위한 첫 걸음은 자신의 예금통장을 가지는 것 즉, 절약 방법을 익히는 것이 최고의 방법이라는 것을 보면 저축은 부를 모으기 위한 습관의 기본임에 틀림없다.

우리는 높은 물가 때문에 월급을 받아도 저축하기가 힘든 시대에 살고 있다. '카드빚만 없어도 좋겠다.', '내일이 어떻게 될지 모르는데 그냥 오늘 잘 먹고 잘 살 것이다' 라는 말을 많이 듣는다. 나 또한 그런 생각이 들지 않는 것은 아니다. 아이가 어렸을 때 육아 우울증으로 인터넷 쇼핑에 중독된 적이 있었다. 모바일 폰에서 카드로 손쉽게 물품을 사다보니 싸다는 이유로 필요도 없는 물건들을 사들이며 낭비를 했었다. 돌아오는 건 어마어마한 카드 대금 뿐이었다. 저축은 생각조차 할 수 없는 남의 나라 이야기 같았다.

나이에 맞게 많은 돈을 모아야 한다고 생각하니 적은 돈은 모아봤자 소용없을 거라며 하찮게 생각하게 되었다. 지인은 액수의 많고 적음을 떠나 무조건 저축하라고 했다.

이십대 시절 피아노 강사 월급으로 90만원을 받았다. 고스란히 새

마을 금고에 적금으로 넣고, 개인레슨으로 번 돈을 생활비로 쓸 계획이었는데 너무 무리하게 저축을 한 탓에 석 달도 못 가서 해약했던 기억이 난다. 오히려 30만원씩 꾸준히 모았더니 목돈이 되었다. 부담 없는 적은 금액이라도 꾸준히 모으기만 하면 언젠가 목돈이 될 수 있다는 좋은 사례다.

저축도 작은 습관으로 만들기로 결심했다. 시작은 하루 2천원이었다. 딸도 함께 모으기로 하고, 용돈을 받기 위해서는 신발 정리나 간단한 심부름을 해야 한다고 가르쳤다. 표를 그려놓고 돈을 모은 날은 O, 그렇지 못한 날은 X로 표시했다. 처음에는 건너뛰는 날도 많았다. 은행에 매일 가지 않는 이상 표는 꼭 체크할 필요가 있었다. 딸은 2백원씩, 나는 2천원씩을 모았더니 한 달에 6천원, 6만원이 모아졌다. 적은 액수라고 무시했다면 6만원은커녕 한 푼도 모으지 못했을 귀한 돈이었다. 1년 동안 모으면 72만원이 되며, 10년 동안 모으면 720만원이 된다. 꾸준한 습관이 되면 결코 적지 않은 돈이다. 돈을 모아야 한다며 약간의 억지 심부름을 하기도 하지만, 딸에게 경제 공부도 자연스럽게 가르칠 수 있는 좋은 습관이 되었다. 작은 저축 습관이 조금씩 자리 잡게 되자 천 원의 소중함, 돈의 소중함이 조금씩 생기기 시작했다. 작은 습관의 좋은 점은 부담이 되면 언제든지 더 작게 시작할 수 있고, 자신감이 붙으면 더 크게 시작해도 되니 실패할 가능성이 없다는 데 있다.

2천원조차 부담스럽다면 더 적은 액수에서 시작하면 된다. 얼마나 많이 모으는가 하는 것은 중요하지 않다. 다만 꾸준히 모으고 습관으로 만든다는 것이 중요할 뿐이다.

〈습관의 재발견〉의 저자 스티븐 기즈는 이렇게 강조했다.

"일의 양에 높은 기대치를 두는 대신 일관성에 기대와 에너지를 모두 쏟아라. 인생에서 가장 강력한 도구는 바로 일관성이다, 그것이야 말로 어떤 행동이 습관으로 자리 잡을 수 있는 유일한 길이다."

"어떤 행동이든지 간에 작은 행동 하나가 습관으로 굳어지는 것은 중요하다. 그것도 아주 중요하다, 습관은 인간이 가질 수 있는 가장 강력한 행동의 기반이다, 팔굽혀 펴기를 하루에 한 번 하는 습관이, 어쩌다 서른 번 하는 것보다 훨씬 낫다. 오로지 습관만이 시간이 흐름에 따라 더 강하게, 더 높이 쌓일 수 있다."

만약 나의 저축 습관을 길들이기 위해 예전처럼 큰 금액을 무리하게 저축했더라면 일찌감치 포기했을 것이다. 부담스럽지 않은 자신만의 액수를 책정하면 된다.

아이에게도 돈에 대한 개념과 저축하는 습관을 길러줄 수도 있으니 훌륭한 교육이 된다. 또한 온가족이 참여할 수 있으니 가족끼리 소통할 수 있는 좋은 계기가 되기도 한다.

산을 오를 때에도 초보자는 성큼성큼 큰 걸음으로 가다가 지치는 경우가 많다. 산을 잘 타는 사람은 좁은 보폭으로 빠르고 가볍게 올라간다. 한 번에 1미터씩 가라고 하면 어렵겠지만 1센티미터씩 가는 것은 쉽다. 수입의 10퍼센트를 뚝 떼어 저축을 해야 한다고 생각하면 시간이 지날수록 부담이 되고 저축을 포기하게 될 가능성이 크다. 하지만 수입의 1퍼센트 아니 그보다 훨씬 적은 금액부터 시작한다면 쉽게 저축하는 습관을 가질 수 있다.

지인이 남편 몰래 비자금을 1억이라는 돈을 모았던 비결은 우리가 매번 들어오던 단순한 이야기 '아끼고 저축하라.'였다. 아끼고 저축해서 종자돈을 만들고, 또 그 돈을 불려 나가는 것이 부를 이루기 위한 습관의 기본임에 틀림없다. 매일 꾸준하게 한 번 하는 습관이 어쩌다 서른 번 하는 것보다 훨씬 낫고, 오로지 습관만이 시간이 흐름에 따라 더 강하게, 더 높이 쌓일 수 있다는 스티븐 기즈의 말처럼 적은 돈으로 꾸준히 모으는 저축 습관을 길러보자.

작은 저축 습관이 조금씩 자리 잡으면 돈의 소중함은 자연스레 생기게 된다. 그리고 더 큰 저축도 가능하다는 자신감도 갖게 된다. 부담이 되면 언제든지 더 작게 시작할 수 있고, 자신감이 붙으면 더 크게 시작해도 되니 실패할 가능성이 없는 습관이다. 꾸준히 부담되지 않게 모으다 보면 돈을 모으는 것이 자연스러운 일이 되며 경제 습관도 배울 수 있으리라 본다. 경제적 자유로 가는 최소의 저축습관을 길러보자.

청소습관 - 인생도 변하는 버리는 습관

정리정돈을 통해 물건을 소유하는 경향에 대해 알 수 있고 자신에게
무엇이 필요한지 가치관으로 판단하는 결단력이 키워진다. 과거에 집착하지 않는
'지금 이 순간'에만 마주할 수 있는 최소의 정리 습관을 가져보자.

심플 │ 라이프가 유행이다. 단순한 생활 즉, 물건을 줄이고 단순
화 하면서 불필요하거나 덜 중요한 것들로부터 자유로워
지고 그 빈자리를 가치 있는 것들로 채워서 행복해지자는 생활 방식이
다. 나의 과거를 뒤돌아보면 참 복잡한 삶을 살았던 것 같다. 친구들이
우리 집에 올 때마다 한마디씩 했다.

"어머 너 얼굴은 깔끔하게 하고 다니면서 방 정리는 엉망이네."

집들이를 할 때도 공간 활용을 못한다는 말을 많이 들었다. 어릴 때
부터 정리하는 습관을 가지지 못했던 나는 어른이 되어서도 이만저만
불편한 것이 아니었다. 학교에 준비물을 가져가야 하는 날이면 어디

있는지 몰라서 온 사방을 뒤지며 찾다가 결국 엄마에게 야단맞고 다시 샀던 기억이 난다. 조금만 치우거나 정리하면 되는데 나중으로 미뤄놓는 버릇 때문에 옷은 구겨지고 정리가 안 되어 입을 수가 없었다. 책은 수북이 쌓아 놓거나 여기저기 흩어져 있었다. 욕심은 얼마나 많았는지 쓰지도 않을 물건을 버리지도 않고 갖고 있으니 책상서랍은 온갖 잡동사니로 넘쳐났다. 성인이 되어서도 나의 가방은 온갖 물건들로 가득했다. 불필요한 물건들이 훨씬 더 많았던 것 같다. 지금 생각해 보면, 머릿속이 복잡했던 것만큼 서랍이나 가방도 정리가 되지 않았던 것 같다.

'이건 비싸게 줬으니 나중에 입을 거야.'
'이건 내가 제일 좋아했던 옷이야.'

입지도 않는 옷들을 하나도 버리지 않고 고스란히 쌓아두었다. 정리하는 습관이 없었던 탓도 있었겠지만, 버리거나 남 주기 아깝다는 욕심도 마음 한구석에 가득했던 것 같다.

초등학교에 다니던 시절 있었던 일이다. 내가 제일 좋아하는 과일인 귤이 선물로 한 박스 들어왔었다. 가족들 모두 귤을 좋아하기에 곧 귤이 없어질 것 같아 엄마 몰래 귤을 한가득 내 방으로 가지고 왔다. 너무 많이 가져온 탓에 다 먹지도 못하고 곰팡이가 생겨 썩어버렸다.

결국 몇 개 먹지도 못하고 버렸다. 욕심만 많았던 아이였다.

이렇게 미련과 욕심이 가득했었기에 정리를 하지 못했던 것 같다. 욕심이 많으니 잔뜩 사들이기만 하고, 미련이 많으니 도무지 버리지 못했던 것이다. 정리 정돈이라는 것이 단순히 청소의 개념으로만 끝나는 것이 아니라, 근본적인 내 마음을 뜯어고쳐야 한다는 사실을 차차 깨닫기 시작했다.

아는 언니 집에 놀러 갔는데 집이 그렇게 넓고 깨끗할 수가 없었다. 언니에게 그 비결을 물었더니 정리를 잘하면 된다고 했다. 정리는 물건을 제자리에 두는 것인 줄 알았다. 그 언니는 전혀 다른 개념으로 설명했다.

"잘 버려야 한다."

사용하지 않는 것은 당장 버리고, 아이가 어릴 때 쓰던 물건은 다른 이웃들에게 나눠 주거나 기부를 한다고 했다. 그래서 모델하우스처럼 깨끗한 집 상태를 유지할 수 있었나보다 생각이 들었다. 소유에 대한 욕심을 버리고, 미루지 않는 것, 그렇게 함으로 인해서 자신이 하고 싶은 일에 더 몰두할 수 있다고 했다. 그 언니는 명상을 하면서 내려놓음을 실천하고 채식을 했다. 언제나 정리정돈을 잘하는 언니는 자신의 삶에서 지금 이 순간에 적극적으로 충실히 산다고 했다. 정리를 하고 자신을 철저히 관리하는 언니를 보고 군더더기 없이 복잡하게 살지 않는 것이 그렇게 좋게 느껴질 수 없었다.

정리에 관한 책이 시중에 많은 것을 보면 정리하는 것도 요령이 필요한 듯하다. 정리정돈은 물건을 정리하고 버리는 것보다 더 깊은 의미가 있는 것으로 보인다. 곤도 마리에라는 정리 전무가의 말에 따르면, 정리하지 못하는 이유는 '과거에 대한 집착'과 '미래에 대한 불안' 때문이라고 한다. 바로 이런 이유 때문에 자신에게 무엇이 필요한지 제대로 알 수 없다고 한다.

버리고 정리하기로 결심하자 무엇이 문제인지 보이기 시작했다. 정리정돈을 하는 데에도 어김없이 최소 습관의 전략을 써보기로 했다. 어떤 전문가는 아예 한꺼번에 버리라고 하지만, 나는 부담 없이 조금씩 실행하기로 했다. 5분 동안 정리하거나 비우기, 아니면 하루에 하나씩 버리기로 결심했다. 5분 정리는 책장부터 시작했다. 역시 정리를 하면 불필요한 것이 많이 나온다. 그런데 버리기엔 아까운 것이 너무 많이 눈에 띄었다. 버리려고 꺼냈다가 다시 책장 서랍에 담기를 몇 번이나 반복했다. 이런 행동이 인생에도 똑같이 적용된다고 생각하니 결단이 필요했다.

옷에는 특히 욕심이 많아서 아깝게 여겨지는 것들이 많았다. 아무래도 나는 과거 집착형인가보다. 과거에 연연해 있으면 안 될 것 같아 오늘에 집중하기로 하고 결단을 내리고는 입지 않는 옷을 정리했다. 과거에 버렸던 옷들은 기억도 나지 않는다는 사실을 보면, 괜히 입지도 않는 옷들로 옷장만 가득 채웠던 것 같다.

정리의 전문가 곤도마리에는 '물건을 버리는 것은 자신의 가치관으로 판단하는 경험의 연속이기에 결단력이 키워진다' 라고 말했다. 비우거나 정리를 하면 책임감과 결단력도 키울 수 있다. 또한 미루지 않고 과거에 집착하지 않으니 '지금 이 순간'에 집중 할 수 있다.

그의 저서 《인생이 빛나는 정리의 마법》에서도 물건을 통해 과거에 대한 집착이나 미래에 대한 불안과 마주하면 지금 자신에게 진짜 중요한 것이 보인다고 했다. 자신의 가치관이 명확해지면 선택에 대한 갈등도 사라질 것이다. 이렇게 지금 이 순간에 모든 것을 결정하는 습관이 길들여지면 인생의 큰 일 앞에서 옳은 결정을 할 수 있으리라 본다.

정리 전문가 피터 월시는 《이미 차고도 넘쳐》라는 책에서 다음과 같이 주장했다.

"물건으로 넘쳐흐르고 우리 인생은 그러한 물건이 지키지 못한 텅

빈 약속으로 지저분하게 꽉 차 있다........물건을 살 때 우리는 실은 우리가 소망하는 삶을 구매하고 싶어 한다....물건을 더 축적하는 것으로 원하는 삶을 좇으면 결국 막다른 골목에 이르게 된다."

결국 우리가 사는 물건들로 인해 우리가 원하는 인생을 살지는 않는다는 것이다.

정리정돈을 통해 물건을 소유하는 경향에 대해 알 수 있고 자신에게 무엇이 필요한지 가치관으로 판단하는 결단력이 키워진다. 최소 습관 전략으로 부담 없이 조금씩 실행해보자. 5분 동안 정리하거나 비우기, 아니면 하루에 하나 비우는 것으로 시작해 보자. 자연스럽게 아이에게도 정리습관을 같이 익힐 수 있도록 게임식으로 타이머를 눌러서 동참시켜도 좋다. 미루지 않고 과거에 집착하지 않는 '지금 이 순간'에만 마주할 수 있는 최소의 정리 습관을 가져보자.

07

남과 비교할 시간에
쉽게 만드는 작은 습관

작은 행동 하나는 아주 하찮아 보일지 모른다. 그러나 그 행동들이 모이면
거대한 힘을 발휘한다. 남과 비교할 시간에 쉽게 작은 습관을 만들어보자. 스스로를 믿고
누구에게도 흔들리지 않고 나가는 힘을 가질 수 있다.

요즘같이 넘쳐나는 정보의 홍수 속에 살아가는 때도 없었던
것 같다. 눈만 뜨면 사건 사고 소식이다. 사건, 사고
들만 보고 있어도 금방 시간이 흐른다. 스마트폰 하나면 안 되는 일이
없고, 정보 또한 다양하고 빠르다. 가끔씩 만나는 엄마들의 대화에서
도 최신 뉴스들이 빠짐없이 등장하다. 최근 엄마들 사이에서 가장 핫
한 이슈는 소액 아파트 투자다.

이웃 중에도 소액 투자를 통해 아파트 7채를 소유한 엄마가 있다.
너도 나도 그 엄마에게 어떤 방법으로 돈을 모으는지 물어보며 아주
난리가 났다. 문득 나오는 전혀 다른 삶을 살아가는 사람들의 모습에
갑자기 초라해지고 뒤쳐진다는 느낌을 받는다. 조바심이 난다. 내가
계획하고 그린 꿈에다 슬쩍 남의 것을 하나 올려볼까 싶은 생각이 든

다. 몇 년 전에도 카카오 스토리라는 SNS를 통해 지인들과 댓글을 주고 받으며 시간을 보냈던 적이 있었다. 그 때도 역시 잘 사는 지인들, 행복해 보이는 모습을 엿보게 되면서 제일 불행한 사람이 나라고 단정 지었었다. 왜 그랬을까? 나 자신에 대한 믿음과 확신이 없었고, 행복은 물질적인 것이 좌우하는 것이라는 막연한 짐작을 했던 것 같다.

남과 비교하며 스스로를 불쌍하게 여기거나 자신의 삶을 초라하게 느끼게 될 때는 이런 부정적인 생각을 즉시 떨쳐버리는 것이 가장 좋은 해결방법이다. 생각을 떨쳐버리는 데에는 몸을 움직이는 것이 가장 효과적이다. 뭔가 대단한 행동을 할 필요도 없다. 1g의 행동이면 충분하다.

자리에 가만히 누워 호흡에만 집중하는 것도 좋은 방법이고, 물을 한 잔 마실 수도 있고, 책을 한 줄 읽을 수도 있다. 일단 조금이라도 움직이기 시작하면 생각이 꼬리를 무는 것을 막을 수 있다. 세상에서 나 혼자만 불행한 것 같다는 생각이 들 때면, 아무 생각 하지 말고 몸을 움직여 보자. 아주 작은 행동이라도 괜찮다. 생각에서 행동으로 신경을 바꿔가는 것이다. 이 작은 행동들이 불행하다는 생각으로부터 벗어나게 해 준다. 실로 거대한 힘이 될 수 있다는 말이다.

나 역시 주변 사람들에게 휘둘리며 살았다. 남들보다 더 멋지게 사는 모습을 보여 주고 싶고, 더 많은 물질적 부를 이루고 싶었으며, 더 나은 사람이 되고 싶었다. 그런 생각들에 부풀어 늘 남들과 비교하면서 살았다. 그러나 이제는 그런 잡념을 떠올리는 대신 작은 행동을 실천한다. 조금 더 기분 좋은 아침을 맞이하려 애쓰고, 기지개와 함께 양치하고 물 한 잔을 마신다. 호흡에 집중하며 내면의 나와 대화하고 나의 생각들을 노트에 정리한다. 감사할 일들을 적고 나의 꿈을 각인시키기도 한다. 책을 읽고 운동도 한다. 이 모든 것들이 아침 시간에 가능하다. 최소의 목표를 잡고 꾸준히 행동해 온 결과이다. 이제는 여러 개의 좋은 습관들이 나를 지속하게 만드는 동력이 되기도 하며 자신감도 생겨났다.

어느 순간 나도 모르게 다른 사람들과 비교하고 있을 때면, 감사일기 두 줄을 적으면서 일상의 행복을 찾을 수도 있으며, 나만 뒤처진다는 생각이 들 때에도 지금껏 최소 습관으로 이루어 낸 작은 성과들을 돌이키면 힘이 솟는다.

"인생은 점들의 연속이다. 우리가 찍는 점들이 어떤 식이로든 미래로 연결된다" 는 스티브 잡스의 명언처럼 아무 것도 아닌 작은 행동들이 모여 좋은 습관으로 이어진다면 반드시 행복한 인생을 만들어갈 수 있을 것이라 확신한다.

한 청년이 있었다. 그는 스물한 살 때부터 몸이 움직여지지 않았다. 의사는 여러 가지 검사를 한 뒤에 '루게릭 병'이라는 진단을 내렸다. 희귀한 불치병으로, 결국은 온 몸을 움직일 수 없게 되는 병이었다. 게다가 그의 수명이 고작 1~2년 정도밖에 남지 않았다고 선고했다.

"말도 안돼요. 전 갓 스물을 넘었을 뿐인데요."

청년은 절망했고, 이대로 죽어버릴까 하는 생각까지 했다. 그러다 마음을 고쳐먹었다.

'이왕 죽는 것, 하고 싶은 일을 하다가 죽자!'

그는 하고 싶었던 이론 물리학 연구를 시작했다. 지팡이를 짚고 도서관을 다니면서 연구를 계속했다. 사람들은 몸도 성하지 않은 그를 보며 말렸으나 고집을 꺾을 수 없었다.

"언제 죽을지 모르는데 그만둘 수는 없어요. 저에게는 시간이 많이 남아 있지 않아요."

1973년, 블랙홀에 대한 기존의 이론을 뒤집으며 학계에 돌풍이 되어 돌아온 그 청년은 바로 스티브 호킹 박사였다. 의사들의 예상을 깨고 몇 십 년이나 더 살며 연구를 지속한 것이다. 그는 엄청난 시련 속에서 남들과 비교하며 불행해하지 않고 자신의 결심을 행동으로 옮겨 살아있는 전설이 되었다. 만약 자신의 상황을 비관하고 남들과 비교하며 괴로워 했다면 그는 결코 살아있는 전설이 되지 못했을 것이다.

이은대 작가는 그의 책《최고다 내 인생》에서 이렇게 말했다.

"스스로를 불쌍하게 여기거나 자신의 삶이 초라하게 느껴질 때에는 생각보다 행동이 필요하다. 검은 색의 잉크 한 방울을 기억하는가? 가만히 앉아 생각만 거듭하다 보면 점점 더 크게 번지게 된다"

삶이 힘들고, 남과 비교해서 초라하게 여겨질 때, 스스로에 대한 믿음조차 없어 불행한 생각이 꼬리를 물고 있다면, 지금 바로 몸을 움직여보자.

사람들은 거창한 생각들이 많다. 그러나 그것을 행동으로 옮기는 사람은 적다. 사람들은 성공을 부러워한다. 성공한 사람들의 행동은 생각하지 않고 결과에만 집중하여 부러워하는 것이다. 남과 비교해서 내 자신이 초라하다고 생각될 때는 차라리 좋은 습관 하나를 길들여보자. 거창한 행동이 아니다. 조그마한 감사일 수도 있고, 물 한잔을 마실 수도 있다. 이 시작은 넋 놓고 남과 비교하며 흘려버리는 헛된 시간보다 훨씬 낫다. 그 작은 시작이 좋은 습관으로 연결되면 누구에게도 흔들리지 않는 자신감을 가질 수 있다.

남과 비교하며 스스로를 불쌍하게 여기거나 나의 삶이 초라하게 느껴질 때에는 몇 톤의 생각이 아닌 1g의 행동, 최소의 습관을 길들여보자. 부정적인 생각들을 접는 가장 쉽고 효율적인 방법이 될 수 있을 것이다 .

　일단 움직이자. 작게 부담 없이 움직이자. 작은 습관들이 모이면 나를 지속하게 하는 힘도 생긴다. 작은 행동 하나는 아주 하찮아 보일지 모른다. 그러나 그 행동들이 모이면 거대한 힘을 발휘한다. 남과 비교할 시간에 쉽게 작은 습관을 만들어보자. 스스로를 믿고 누구에게도 흔들리지 않고 나가는 힘을 가질 수 있다. 아무 것도 아닌 최소의 행동들이 모여 좋은 습관의 선들로 이어진다면 반드시 행복한 인생을 살아갈 수 있을 것이다.

08

작고 작은 질문 습관

한 가지 질문을 반복하면 창의적인 아이디어를 낼 수 있다고 한다.
하루 하나의 질문을 정하고 작고 간단하게 만들거나,
여러 번 반복하면 계속해서 다양한 대답들을 찾을 수 있다.

아이가 │ 있는 부모들은 유대인의 교육방법에 대해 관심을 많이
갖는다. 그 중에서도 특히 '하브루타 교육'을 예로 들
수 있겠다. '하브루타'는 파트너(특히 가정에서부터)와 함께 소통하며
질문과 토론을 통해 스스로 생각할 수 있는 사람으로 키우는 교육이라
고 한다. 질문을 하면서 사고하는 힘을 갖게 하는 것이다. 우리가 잘
아는 아인슈타인, 다윈, 프로이트, 샤갈, 멘델스존, 채플린 등이 이러
한 하브루타 교육을 받았다고 한다. 한창 호기심이 많은 딸에게 사고
하는 법을 길러주기 위해 질문을 사용했었다.

"왜 그런 것 같아?"
"너라면 어떻게 할거야?"

이 정도의 질문으로 대화를 했다. 정작 어른인 나도 질문하는 법을 잘 몰랐다. 뭔가에 대해 깊이 생각해 본 적도 없고, 문제가 생기면 해결하는 것보다 회피하는 쪽을 택하기 일쑤였다. 질문이라는 것 자체에 대해서도 귀찮아했던 것 같다. 그러다보니 아이에게 질문하는 법을 가르쳐주기도 막막했다. 어린 시절에는 뭔가를 물어본다는 것보다 어른들이 정해놓은 법칙에 순응하기 바빴고, 질문 자체를 많이 해보지 않았던 것 같다. 요즘은 열린 사고로 교육방식이 많이 바뀌었지만, 내가 어릴 때만 해도 이미 정해진 답이 있었기 때문에 그저 공식처럼 외우는 경우가 많았다.

고등학교 시절 수학시간이었다. 싫어하는 수학 공식들을 보고 있자니 지루하기 짝이 없었다. 선생님이 칠판에 적어 놓은 공식대로 대입해서 문제를 풀이하는 시간이었는데, 왜 그랬는지는 모르겠지만 나는 그 때 다른 방법으로 문제를 풀었다. 선생님이 다가와 왜 칠판에 적혀 있는 공식대로 풀지 않느냐고 야단을 치셨다. 그 후로 호기심은 더 이상 발동하지 않았고 수학에는 아예 관심을 끊었던 기억이 난다. '왜?', '어떻게?' 라는 생각을 해보지 않았던 내가 어떻게 아이에게 질문하는 법을 가르쳐 줄 수 있을까 답답하기만 했다.

우선 나부터 질문하는 법을 제대로 배워 보기로 했다. 매일 아침 명상하고 떠오른 생각을 적을 때도 있고, 어떻게? 왜? 라는 질문을 사용하기로 했다. 일단 내 자신에 대해 질문하기 시작했다. 나는 무엇을 좋아하는지, 무엇을 잘하는지, 어떤 것을 싫어하는지 등등. 순간 헛웃음이 났다. 다른 사람들에 대해서는 그렇게 관심이 많고 친절하면서 정작 내 자신에 대해서는 아는 바가 거의 없는 것 같았다. 질문도 습관으로 만들고 싶었다. 주로 명상이나 호흡을 하는 중에 떠오른 생각에 질문을 던지기도 하고, 눈앞에 닥친 문제들에 대해 질문하기도 했다.

질문이 인생을 바꾼다는 말도 있듯이 바쁜 현대사회에 꼭 필요한 것이 질문하는 시간이라고 본다. 길을 걸으면서 혹은 새벽에 일어나 명상하면서 짧은 시간이라도 사색하며 질문하는 습관을 들여야 한다. 질문하는 것도 얼마든지 작은 습관으로 만들 수 있다. 하나씩 질문하고 답하면 된다. 나의 목표는 질문하는 것을 습관으로 만드는 것이었기 때문에 내용은 크게 신경쓰지 않았다. 자기 자신에 대한 질문이 가장 좋다. 하루 하나의 질문을 던지면, 답은 여러 가지가 나온다. 질문 하나를 여러 번 반복하면 계속해서 다양한 대답들을 내놓는다.

볼 때마다 항상 부담스러운 이웃이 있다. 안 볼 수는 없고, 볼 때는 어색한 관계가 되는 것 같아 스스로에게 작은 질문을 했다.
'저 이웃을 안 볼 수는 없고 가끔 만날 때마다 어색한데, 어떻게 하면 어색하지 않을까? 아주 최소로 할 수 있는 방법이 없을까?'
답은 자연스럽게 나왔다. 인사하며 웃기, 날씨 얘기하기, 아이의 방학 물어보기. 이 정도라면 전혀 부담 없는 방법이다.

'아이가 너무 밥을 안 먹는다, 어떻게 할 수 있을까?'

아이 스스로 밥을 담게 해 보기, 두 숟갈만 먹기, 김밥으로 만들어 먹기.

'어떻게 하면 될까' 라는 질문을 많이 했더니 생각보다 멋진 답들이 쏟아지기 시작했다. 어떻게 라는 작은 질문을 많이 해보자.

자기계발의 대가 앤서니 라빈스는 과거 어려운 환경으로 고등학교도 졸업을 하지 못하고 빌딩 청소부로 일했다. 뚱보에다 가난하고 못 배운 그는 매일 퇴근 후 방 안에 틀어박혀 절망과 우울의 날을 보냈었다. 그런데 어느 날 그는 자기 자신에게 매일 감사하고 행복을 느끼고 즐거울 수 있는 방법이 무엇일까 질문을 던졌다고 한다. 긍정적인 마음으로 살아가면 분명히 긍정적인 결과를 가져올 것이라는 답을 찾았다. 부정적인 질문에서 동기를 부여 해주는 긍정질문으로 바뀌면서 진정으로 꿈꾸던 삶을 누리게 되었다. 질문이 얼마나 우리에게 영향을 주는지 알 수 있다.

"왜 나는 이렇게 바보 같을까?"

"왜 이렇게 실수만 하는 걸까?"

이런 부정적인 질문을 하지 말고,

"오늘 잘 한 일은 뭐가 있지?"
"나는 무엇을 잘 할 수 있을까?"

등과 같은 긍정적인 질문을 할 수 있도록 매일 습관을 만들어보자.

사람의 뇌는 질문을 놀이처럼 좋아한다. 그렇지만 받아들이는 사람이 두렵거나 거부감이 든다면, 뇌도 질문을 놀이로 인식하지 않고 대뇌피질의 기능이 멈춰 창의성이 사라진다고 한다. 질문이 부담스럽지 않고 재미있으려면 쉽고 간단해야 한다. 그래야만 뇌가 문제해결에 집중하고 행동하게 만든다. 한 가지 질문을 계속 반복하면 창의적인 아이디어를 낼 수 있다고 한다.

임상심리학자 로버트 마우어의 저서 〈아주 작은 반복의 힘〉에서도 질문에 대해 이렇게 말하고 있다.
"글쓰기, 작곡, 그림 그리기 등 창조적인 무엇인가를 하고 싶은데 어디서부터 시작해야 할지 짐작조차 못하겠고, 경력과 능력을 쌓아 회사에 산적한 문제들을 재치있게 해결하고 싶은데 별다른 소득이 없다면 스몰스텝전략이 당신의 영감을 호출하는 데 도움을 줄 수 있다. 창의적인 생각을 떠올리라는 압력을 넣지 말고 그저 작은 질문을 던지는 것만으로도 뇌는 창조적인 과정에 착수한다."

"변화하고 싶다면 작고 긍정적인 질문을 던져야 한다. 그렇게 했을 때 우리의 뇌는 창의성을 발휘할 수 있도록 프로그래밍된다. 질문 하나를 선택해 몇 날 며칠 동안이라도 반복해야 한다. 고압적인 명령이나 요구를 던져 얼어붙게 하지 말고 즐거운 도전으로 받아들이게 해야 생산적인 결과를 만들어 낼 수 있다. 어렵고 힘든 목표를 달성하는 것이라면 작은 질문은 변화를 위해 나아가는 첫걸음이 된다."

작은 질문은 뇌로 하여금 문제해결에 집중하고 행동하게 만든다. 한 가지 질문을 반복하면 창의적인 아이디어를 낼 수 있다고 한다. 하루 하나의 질문을 정하고 작고 간단하게 만들거나, 여러 번 반복하면 계속해서 다양한 대답들을 찾을 수 있다. 또한 작은 질문은 부담스러운 문제에 접근할 때도 거부감이 없어서 좋다. 변화하고 싶다면 작고 긍정적인 질문을 던져야 한다. 긍정적인 질문으로 스스로에게 던짐으로써 세계에서 가장 영향력 있는 인물이 된 앤서니 라빈스처럼 누구나 질문을 통해 진정으로 꿈꾸던 삶을 누릴 수 있다. 질문은 우리에게 커다란 영향을 준다. 작고 긍정적인 질문 습관을 만들어보자.

09

내 인생의 우선순위를 만드는
작은 시간관리 습관

매일 하루를 시작할 때 우선순위를 매겨보고
바라보는 것으로 최소습관을 길러보자. 우선순위 1번을 실행될 수 있도록
부담스럽지 않게 조금씩 실천해보자.

초|소 │ 습관은 처음에는 하나에서 시작하는 것이 좋지만, 나중에
는 여러 가지를 동시에 길들일 수 있다. 작은 습관들이 하
나, 둘 늘어나면 일정한 시간에 규칙적으로 하는 것이 효율적이다. 그
러나 여러 가지 이유로 인해 계획대로 되지 않을 때가 많다. 그래서 필
요한 것이 우선순위다.

우선순위는 '더 중요한 목표를 선택하는 것' 으로 항상 선택과 결단
을 내려야하는 우리의 인생에서 중요한 역할을 차지한다. 우선순위만
잘 정해도 좋은 습관 여러 개를 효율적으로 활용할 수 있다.

나는 아침에 일어나 나만의 공부시간과 할 일들을 적어본다. 중요
한 순서 혹은 급한 순대로 번호를 매긴다. 요즘 들어 자주 깜빡하는
나에게 하루 일과를 체크하는 것은 중요한 일과 중 하나이다.

목표와 계획을 우선순위에 따라 적는 것은 그다지 많은 시간을 필요로 하지 않는다. 그럼에도 불구하고 실제로 적는 사람들이 많지 않은 듯하다. 핑계와 변명도 다양하다. 딸 친구의 엄마들만 봐도 그렇다. 하루 종일 바쁘다. 뒤돌아보면 바쁘기만 했지 남는 것은 없다고 한다.

한 엄마는 딸이 네 명인데도 아침에 아이들 밥 먹여서 등원시키고, 자신이 운영하는 사업장에 들렀다가 다시 초등학교에 가서 첫째 딸을 데려오는데 항상 여유가 넘친다. 분명 그 엄마는 시간을 너무나 잘 활용하는 것이다. 경제적인 여유와 함께 시간적인 여유를 부르는 배경 뒤에는 우선순위를 잘 정하는 것이 매우 중요하다.

나폴레옹의 전쟁 승리 뒤에는 외과의사 도미니크장 라리가 이끄는 의무부대가 있었다고 한다. 전쟁터에서 많은 부상자들이 나오면 치료와 상관없이 사망할 자, 즉시 치료가 필요한 자, 치료를 늦출 수 있는 자 등 우선순위를 정해서 많은 성과를 냈다. 우리나라도 많은 인명피해가 난 사건들을 보면 우선순위를 잘못 정해서 상황이 악화된 경우가 많다. 그만큼 우선순위는 우리의 인생에서 중요하다. 그럼에도 많은 사람들이 인생에서 우선순위를 정하지 않은 채 시간을 흘려버리기도 하고, 성과도 없이 하루 종일 바쁘게 일을 하는 경우가 많다. 빠르게 돌아가는 세상 속에서 이것저것 하고 싶은 것도 많고 해야 할 일도 많지만, 우선순위를 정하는 경우와 그렇지 않은 경우는 확실히 다른 결과를 가져온다.

우선순위를 잘못 사용한 지인이 기억난다. 뽀얀 얼굴의 동그란 눈을 가진 J는 남자들로부터 항상 인기가 많았다. 그런 J를 몇 년 만에 만났는데 얼굴이 어둡고 피곤해 보였다. J는 지금 집에서 재택근무를 하며 틈틈이 영업을 한다고 했다. 남자를 고르는 눈이 높았던 J가 갑자기 약사가 되어야겠다고 공부를 하더니 뜬금없이 관광학과에 입학했다. 그리고는 일본어를 배우기 위해 일본으로 떠났다. 1년도 채우지 못하고 한국으로 돌아온 J는 일어를 배우러 갔다가 돈 버는데 정신을 뺏겨 결국 일어도 배우지 못하고 돈도 벌지 못하고 학원에서 만난 남자랑 몇 개월 연애하더니 결혼해버렸다. J는 이제 와서 그 때 자신을 쫓아 다니던 H랑 결혼할 걸 후회된다고 했다. J는 삶에서 목표와 우선순위를 잘 결정하지 못했다. 만약 결혼이 중요했다면 우선 사람들을 많이 만나보고 결정해야 한다. 일본어 공부가 중요했다면 일어에 중점을 두었어야 한다. 돈 버는 것이 가장 중요하다고 판단됐다면 돈 버는 것에만 몰입을 했어야 했다. 어느 한 가지 우선 순위를 두지 못하고 이것저것 닥치는대로 기웃거리다 보니 결국 삶의 흐름에 자신을 맡기게 된 것이다.

누구나 마찬가지이다. 바쁜 일상 속에서 정작 중요한 일들을 뒤로 미루고 있지는 않은지 잘 살펴봐야 한다. 나는 한 때 사람들과의 만남에 재미를 붙여서 중복 약속을 잡았던 적이 많았다. 친구들에게 심하게 원성을 들은 적도 있고, 사람들을 만나는 일 때문에 다른 중요한 일들을 미뤘다가 발등에 불이 떨어지고서야 겨우 마친 적도 많다. 돌이켜보면 그런 만남들이 모두 무의미했던 것 같다. 결혼을 하고 엄마가 되면서 내 개인의 생활과 부모로서의 생활이 균형을 잡을 수 있도록 하려면 우선순위가 더욱 중요했다. 우선순위를 잘 결정하는 것만으로도 차 한 잔을 마실 수 있는 여유와 책 한 장을 넘길 수 있는 여유가 생기는 것이다. 또한 아이도 부모의 시간관리 습관을 보며 자라기 때문에 우선순위를 정하는 시간관리 습관은 아주 중요하다.

나의 경우는 앞에서 말한 것처럼 아침시간을 활용한다. 제일 간단한 방법 한 가지는 수첩에 오늘 해야 할 일을 모두 적어보는 것이다. 그 다음에는 급하거나 중요한 순으로 번호를 매긴다. 매 주, 매 달, 1년, 3년으로 크게 목표를 정하기도 하지만 나는 하루에 포인트를 두었다. 오늘 하루를 충실히 살아야만 내일도, 더 나아가 미래에도 충실할 수 있기 때문이다.

우선순위를 매기는 것은 시간이 많이 걸리지 않는다. 그저 수첩에 중요도를 매기고 1번에 해당되는 것을 바라보고 계속 인식한다. 그리고 그것이 이루어 질 때까지 반복실천하면 된다. 우선순위를 결정하고

순위를 매겨보는 것만으로도 내가 무엇에 관심을 두고 있는지 무엇을 해야 하는지 방향을 알 수 있다. 기한이 오래 걸리는 우선순위의 일이라면 조금씩 나눠서 실행할 수 있다. 이따금씩 동시를 짓거나 짧은 동화를 짓기도 하는데, 공모전이 있으면 공모전 기한 여유 며칠 전까지 마감일을 잡고 하루 하나씩 적어 보거나, 무엇을 적을지 제목만 적는다. 갑자기 몇 편의 시를 지으려면 부담스럽지만 제목만 적거나, 내용을 대략 적어보거나 하루 하나를 적는 것은 전혀 부담스럽지 않다. 기한이 짧고 급한 경우도 가끔 있는데 그럴 경우엔 가장 먼저 처리해야 하는 일로 정하고, 타이머를 사용해서 신속하게 처리하기도 한다.

때로는 시간을 잘게 쪼개기도 한다. 우선순위의 일을 할 때 아침, 점심, 저녁으로 세 등분하여 중요한 일을 나누어서 하는 것이다. 지금 나의 매일 우선순위의 1번은 글쓰기다. 글 두 줄 쓰기 최소 습관으로 이어진 지속성과 자신감으로 지금은 분량이 많은 글쓰기에 도전 중이다. 시간을 많이 배당하는 부분이다. 글을 아침에 쓰기도 하지만 그렇지 못할 경우가 많은데 그 때는 대략 어떤 것을 쓸지, 어느 책을 볼지, 어떤 사례를 넣을지를 결정해 놓고 포스트잇에 짧게 단어로 연결해 놓는다.

딸은 아직 시간 개념이 잘 없어서 어떤 것을 먼저 해야 하는지 모를 때가 많다. 그러면 나는 오늘의 계획을 말해주고 어떤 것부터 해야 하는지 같이 의논하고 선택하게 한다. 아직은 미흡하지만 어릴 때부터

결정하는 법을 길러주는 것은 커서 선택을 해야 할 때도 분명 도움이
될 것이다.

《성공하는 사람들의 시간관리 습관》의 유성은 저자는 우선순위를
정하는 능력은 시간관리에서 가장 중요한 부분일 뿐만 아니라 인생을
흑자로 운영하기 위해 반드시 필요한 능력이라고 말하면서 우선순위
의 효과에 대해서 다음과 같이 말한다.

첫째, 목표와 행동에 질서를 부여하므로 서두르지 않고 순조롭게
일을 해나갈 수 있다.
둘째, 각 업무의 중요도를 식별할 수 있어서 중요하고 필수적인 일
을 먼저 처리할 수 있다.
셋째, 마감 기한이 정해진 업무를 처리하는데 구체적인 행동을 정
할 수 있다.
넷째, 적은 시간을 일해도 많은 효과를 거둘 수 있다.
다섯째, 일을 방해하는 요인과 낭비를 최소한으로 줄일 수 있다.
여섯째, 목표들 간의 충돌을 막을 수 있다,
일곱째, 흑자 인생을 살 수 있다.

인간은 '습관의 부산물'이라고 할 만큼 습관의 영향을 많이 받는

다. 좋은 습관을 들이려면 규칙적인 행동과 함께 시간전략이 필요하다. 시간 활용을 잘 하느냐 못하느냐는 우선순위에 의해 결정되고, 우선순위를 정하는 습관만 잘 익혀도 여유로운 생활과 함께 최소습관 여러 개를 동시에 만들 수 있다. 현대는 바쁜 일과 정보로 넘쳐 난다. 그럴 때일수록 우리는 삶에서 중요한 선택과 결정을 해야 한다. 매일 하루를 시작할 때 우선순위를 매겨보고 바라보는 것으로 최소습관을 길러보자. 우선순위 1번을 실행될 수 있도록 부담스럽지 않게 조금씩 실천해보자. 우선순위를 정하는 최소습관 뒤에 따라오는 시간의 여유에서 또 다른 최소습관을 익힐 수 있는 여유까지 생길 것이다.

"행복한 인생을 위해 최소 습관을 길러보자"

최소 습관은 작은 성공을 맛볼 수 있으며,
행복한 삶을 만날 수 있는 최고의 방법이다. 행복하고 건강한 삶, 어쩌면
이것이 바로 많은 사람들이 바라는 진정한 삶이 아닐까 싶다.

    사람은 누구나 행복한 삶을 꿈꾼다. 인생은 습관으로 결정된다. 최소 습관이야말로 목표를 정하고 달성하기 위한 최선의 방법임을 확신한다. 최소 습관은 삶을 지속적으로 발전시키며, 행복하고 건강하게 만들어준다. 내가 익힌 방법이나 과정, 모든 경험들이 그리 대단하거나 놀라운 것들은 아니다. 오히려 너무 쉽고 단순해서 대수롭지 않게 여기는 독자들이 있을 지도 모르겠다. 그러나 분명한 것은, 하루에 물 두 잔을 마시겠다는 작은 결심이 지금 이토록 건강하고 자신감 넘치는 나를 만들었다는 사실이다.

    거창한 목표를 세우고, 포기하는 삶의 연속이었다. 목표는 높고 거

창하게 세워야만 가치가 있는 것으로 여겼다. 그런데 습관과 관련된 책들을 찾아 읽으면서 발견한 공통점 한 가지는, 성공에 이른 거의 대부분의 사람들의 시작이 결코 거창하지 않았다는 사실이다. 지금 당장 실천할 수 있는 아주 작은 행동부터 시작하고 지속했다는 점이다. 점으로 시작해서 선을 만들고 그림을 만들어냈다.

최소 습관은 한 번에 이루는 습관이 아니라, 길게 보고 자연스레 몸에 스며들게 만드는 과정이다. 눈에 띄지 않을 만큼의 작은 행동, 바로 거기서 시작하면 된다. 그것조차 부담이 된다면 더 작게 시작하면 어떤가. 나는 지금도 여전히 목표를 최소로 잡는다. 20분 동안의 3초 호흡이 부담스러운 날에는 다시 처음으로 돌아가 2분 동안 3초 호흡을 할 때도 있다. 중요한 것은, 20분과 2분의 차이가 아니라 "매일 실천하는가!" 라는 문제다.

어릴 적부터 앓아온 아토피와 합병증상, 끈기가 없이 살아왔던 나는 마흔을 넘기고서야 티도 안 나는 작은 행동 하나로 건강해졌고, 그로 인해 삶의 의욕을 되찾았다. 그러나 이제는 최소습관의 힘을 알기에 어떤 일이 닥치더라도 극복할 수 있다는 자신감을 갖고 살아간다. 허약체질이었던 내가 그 동안 포기하며 살았던 많은 일들을 조금씩 지속적으로 할 수 있는 끈기도 생기게 되었다. 믿지 못하겠다는 사람들

도 있다. 속는 셈치고 자신이 이루고 싶은 목표를 위한 최소한의 행동
을 매일 꾸준히 해보길 바란다.

　최소 습관은 작은 성공을 맛볼 수 있으며, 행복한 삶을 만날 수 있
는 최고의 방법이다. 행복하고 건강한 삶, 어쩌면 이것이 바로 많은 사
람들이 바라는 진정한 삶이 아닐까 싶다.

　"운명은 그 사람의 성격에 의해 만들어진다. 그리고 성격은 그 사람의
일상생활의 습관에서 만들어진다. 때문에 오늘 하루 좋은 행동의 씨를 뿌
려서 좋은 습관을 거두어들이도록 해야 한다. 좋은 습관으로 성격을 다스
린다면 그때부터 운명은 새로운 문을 열 것이다."-영국 극작가 토머스데커-

저자 **지수경**

〈한 주의 체크리스트〉

	월	화	수	목	금	토	일
물마시기 2잔	O	O	O	O			
호흡 2,3분	O	O	O	O			
독서 2장	O	O	O	O			
감사 일기	O	O	O	O			
긍정 노트	O	O	O	O			
감정 일기	O	O	X	O			
액션	O	O	O	X			
글2줄	O	O	O	O			

이 책을 통해 많은 사람들이
자신에게 맞는 행복한
최소 습관을 가질 수 있기를 바래본다.